PETITES CHOSES

Du même auteur

Buenos Aires n'existe pas, récit, Flammarion, 2021.

Benoît Coquil

PETITES CHOSES

Rivages

Retrouvez l'ensemble des parutions
des Éditions Payot & Rivages sur

payot-rivages.fr

Collection dirigée par Émilie Colombani

Benoît Coquil est représenté par SFSG Agency.
Il a bénéficié pour ce livre d'une bourse du CNL.

À mes parents

Les drogues nous ennuient avec leur paradis.
Qu'elles nous donnent plutôt un peu de savoir.
Nous ne sommes pas un siècle à paradis.

Henri MICHAUX, *Connaissance par les gouffres*

Voici Psilocybe.

Psilocybe qui se tient droit, se dresse sur la terre, pas bien haut.

Psilocybe le discret ne paie pas de mine. Il passe inaperçu. Un corps mince, élancé, fait d'un seul tenant, là-dessus un simple chapeau brun beige terreux, un peu élimé sur les bords. Vous le trouverez le plus souvent près d'un champ de maïs ou bien dans une prairie, à l'abri du soleil. Psilocybe, comme tous les autres, se tient dans l'ombre. Et comme tous les autres, il est là pour quelques jours à peine, après la pluie. Il ne fait que passer.

Pas tape-à-l'œil, Psilocybe. Rien à voir avec *Amanita muscaria* et son chapeau rouge à pois blancs, tout droit sorti d'un conte pour enfants.

Mais, sous ses apparences d'individu banal, il cache bien son jeu. Sous la cape et le chapeau couleur de terre, malgré la courte stature, la silhouette filiforme, Psilocybe a tout d'un mage. Hygrophane, sa peau change de couleur selon le climat. Si vous tenez à croiser son chemin, gare à vous. Ses pouvoirs sont multiples.

Psilocybe n'exaucera pas de vœu de fortune, ne vous offrira pas d'éternelle jeunesse. Psilocybe n'est pas ce genre de génie bienfaiteur. Il œuvrera en vous selon son bon vouloir, dans l'obscur, dans la clarté, ou bien dans le gris entre les deux. Vous ne déciderez de presque rien.

À coup sûr, il fera s'emballer ou ralentir votre cœur, dilatera vos pupilles. C'est toujours ainsi avec lui. Sans doute, il vous fera connaître l'euphorie et les larmes. Il ne vous montrera rien de lui, vous fera plutôt voir en dedans de vous-même.

Peut-être vous montrera-t-il vos morts, ceux qui étaient là avant vous. Vos morts et aussi votre mort à venir. Ce sera terrifiant ou apaisant, impossible de le savoir à l'avance.

Si vous avez un au-delà, Psilocybe vous le fera toucher du doigt. Il vous fera tutoyer votre dieu, vos dieux.

Si vous croyez au temps des horloges, au temps régulier résolu rectiligne des horloges, Psilocybe le rendra liquide et sinueux comme le ruisseau, le fera s'épaissir, le rendra solide, gazeux, changera les heures en secondes.

Si vous croyez aux contours de votre personne, Psilocybe les abolira. Psilocybe vous amplifiera, lèvera les barrières douanières de votre tout petit ego, vous fera arbre parmi les arbres. Vous oublierez ce qui vous distingue de la chaise qui vous soutient, de l'air qui vous emplit, de la pluie tombée sur vous, de la mouche posée sur vous. Psilocybe vous rendra cosmique.

De tout cela il est capable, malgré ses cinq ou dix centimètres, malgré son air de rien. De tout cela vous ne déciderez pas.

Psilocybe vient du Mexique. C'est là que tout commence. Les Anciens, en náhuatl, l'ont appelé *teyuintinanácatl*, « celui qui enivre », ou bien *teonanácatl*, « chair des dieux ».

C'est autour de lui, Psilocybe l'imperturbable, celui qui revient toujours après la pluie, autour de Psilocybe qui enivre, que tourne cette histoire. C'est autour de son pied mince et droit que tous vont orbiter, chamanes, sorciers, chercheurs, chimistes, espions, hippies, sages et fous, dieux et diables. Approchez voir Psilocybe haut comme trois pommes. Penchez-vous pour le cueillir et vous les verrez tourner, ces histrions du siècle dernier, enivrés qu'ils sont de lui.

Approchez, et vous saurez.

I

A Short Cut to Mushrooms

Gordon Wasson a cinq ans à peine lorsqu'il quitte Great Falls, Montana, la ville où il est né, pour s'installer avec ses parents et son frère à Newark, New Jersey, juste à côté de New York. Autant dire à l'autre bout du pays. Il ne s'en souvient pas, ou alors comme d'un voyage sans fin, d'une durée qui frôle le surnaturel. Un voyage si long qu'il mène vers un autre monde. Peut-être garde-t-il tout de même le souvenir très net de ces quelques minutes où il perd de vue ses parents dans la gare de Minneapolis noyée par la vapeur des locomotives, minutes qu'il passe à fixer sans le comprendre le logo du Northern Pacific Railway, une espèce de yin et yang rouge et noir qui l'hypnotise, jusqu'à ce que sa mère affolée le retrouve enfin et l'arrache à son hypnose de gamin fatigué.

En 1900 et quelques, les Wasson passent donc de l'interminable plaine du Montana à la grande ville debout. Ils ont pris une douzaine de trains pour y arriver et pourtant les voilà, fourbus mais heureux, dans leur maison en brique près de l'Hudson, à quinze kilomètres de Manhattan.

Le père, Edmund Atwill Wasson, est pasteur. Il a été promu par le diocèse pour guider les âmes égarées de la paroisse de Newark. On se figure révérend Edmund comme un large bonhomme ventripotent qui impressionne ses fils par des yeux très clairs qu'il écarquille lors de ses sermons, parce qu'il aime théâtraliser, surtout lorsqu'il leur raconte l'histoire du Buisson ardent et que sa grosse voix résonne dans la nef.

N'imaginons pas pour autant un personnage austère : Edmund est aussi amateur de bonne chère et ne crache pas sur le vin de messe, bientôt le seul alcool en circulation en ces années de prohibition galopante. D'ailleurs, il s'apprête à faire paraître un livre intitulé *Religion and Drink*, dans lequel il plaide pour que ses ouailles puissent continuer à boire du vin, dans les limites de la modération chrétienne, s'en référant à saint Jean Chrysostome – « Ne condamnez point le vin, mais l'abus que l'on fait du vin ! » Alors que les brasseries et les tripots ferment les uns après les autres, tandis que dans les saloons on se met à l'eau de Seltz, Edmund, les yeux pétillants après quelques verres du Précieux Sang, devise peut-être sur les *Noces de Cana* ou sur l'*Extase de sainte Thérèse d'Avila*, « enivrée de vin céleste ».

Son goût pour le mystère, le petit Gordon le doit sans doute à sa lecture immodérée des aventures de Sherlock Holmes, quoique son père lui répète qu'en matière de mystère, rien n'égale ceux, majuscules, de Dieu et de la Bible. Mais cela, Gordon le sait.

À quatorze ans, il a déjà achevé sa troisième lecture de l'Ancien et du Nouveau Testament, et trouvé là-dedans bon nombre de mystères. Ses épisodes favoris sont, par ordre croissant de préférence : Jonas mangé puis recraché par la baleine ; Élie monté au ciel dans un tourbillon ; les flammes de l'Esprit-Saint perchées sur les têtes des apôtres qui se mettent à parler toutes les langues.

C'est aussi à leur père que Gordon et son frère Tom doivent leur bel anglais, cette prose si châtiée qu'ils déroulent à toute heure, même pour parler de baseball, car révérend Edmund leur interdit, dans un but d'enrichissement stylistique, l'usage de l'adverbe *very* et du verbe *get*, et leur a promis les flammes des enfers s'ils s'avisaient de confondre *like* et *as*, *shall* et *will*, *should* et *would*.

Non contents de faire de leurs fils de bons chrétiens et des anglophones hors pair, les parents Wasson veillent aussi à les dégourdir, de corps et d'esprit : une fois par mois, Gordon et Tom reçoivent un billet de train aller-retour et quelques dollars pour aller visiter tout seuls un musée de la capitale. C'est l'aventure : New York est comme un archipel. Il faut traverser trois fleuves pour arriver jusqu'à Manhattan, puis à la jungle de Central Park, échapper aux brigands de la Cinquième avenue, aux espions de Times Square, avant de découvrir enfin le trésor attendu : momie, squelette de dinosaure, automate musicien, selon le musée.

Un jour, au Metropolitan Museum, au fond de la grande salle déserte des arts océaniens, Gordon tombe nez à nez avec un masque de Nouvelle-Guinée qu'il dévisage – ou plutôt *qui le dévisage* – pendant presque une heure. À nouveau, il est hypnotisé, comme dans la gare de Minneapolis. Plutôt qu'un masque, c'est comme un heaume de chevalier – un heaume majestueux en écailles de tortue, avec au milieu un long nez pointu et deux yeux grands ouverts, très blancs, qui le clouent sur place. À son sommet, un oiseau marin en bois, genre albatros ou frégate, aux vastes ailes déployées. Un masque à métamorphose, donc, une sorte d'objet magique qui transformerait son porteur en oiseau des mers, ou lui conférerait au moins le don de voler. Est-ce à cela que pense le petit Gordon planté là ? S'imagine-t-il chausser le masque et s'envoler par la pensée au-dessus de Long Island ? A-t-il déjà l'intuition qu'il existe des voyages immobiles ? Mais ça y est, la rêverie est finie, cette fois c'est son frère qui l'attrape par le collet.

D'après la notice biographique mise en ligne par le musée botanique de l'université d'Harvard, c'est vers 1914 que tout s'emballe. La guerre éclate au loin, Gordon a seize ans. Il ne traîne plus dans les musées. Il part pour l'Angleterre rejoindre son frère. En 1917, il s'enrôle dans le corps expéditionnaire américain en France. D'abord dans l'infanterie, puis comme opérateur radio.

Après 1918, une fois la paix retrouvée, la notice passe des faits d'armes au curriculum : Columbia School of Journalism, London School of Economics, professeur d'anglais à Columbia, reporter pour le *New Haven Register*, chroniqueur économique pour le *New York Herald Tribune*, à peu près quarante ans avant que Jean Seberg ne vende ce même journal sur les Champs-Élysées dans *À bout de souffle*.

L'ennui, c'est que ça ne nous dit pas s'il préfère l'automne à Londres ou à New York. S'il est le premier de sa famille à avoir autant voyagé. Si, une fois de retour, il *regrette l'Europe*, comme Rimbaud. Ça ne nous apprend rien de la guerre qu'il a vue, si elle le précipite dans l'âge adulte, s'il a vu Verdun ou Craonne, s'il en tremble encore. C'est le problème avec les notices biographiques : ça ne raconte pas grand-chose. Celle de Wasson nous renseigne au moins sur l'enfant rêveur qu'il a cessé d'être ou bien qu'il a fait taire pour un temps. Mais elle ne nous dit rien de sa rencontre avec Valentina Pavlovna Guercken, avec qui il se marie en 1926.

Est-ce à Central Park, qui est comme un jardin d'enfance pour Gordon, sur les bancs de Columbia ou ailleurs que ces deux-là se rencontrent, peu importe, puisque les forces en présence font que le regard de ce jeune Américain propre sur lui, toujours encravaté, journaliste touche-à-tout et bientôt banquier, croise celui de cette jeune Russe exilée, étudiante en médecine et future pédiatre, qui a fui Moscou pour échapper à la révolution. Est-ce la *wanderlust*, l'appel du lointain, que l'un reconnaît dans l'œil de l'autre, et qui va les lier pour les décennies à venir ? Peut-être aussi que, dans les années vingt, ceux qui ont déjà fait dans leur jeunesse de si longs voyages se reconnaissent entre eux à la ride de l'aventure ou de l'exil au coin de l'œil, comme les membres d'une grande communauté silencieuse.

Tout ce qu'on sait, c'est qu'ils se marient en 1926, et que cela se passe à Londres.

La Grande-Bretagne est une île douillette sur laquelle il pleut à foison, si bien que le sol y est vert et moelleux, et qu'y poussent toutes sortes de mousses et mousserons. Comme il pleut sans cesse, on reste chez soi à lire des *fairy tales*, on se gorge de stout et de whisky et l'on se figure que le pays est tout autant peuplé de bons Britanniques que de sorciers et sorcières, de lutins et de fées. Bien sûr, il y a Londres qui n'a rien de tout cela, Londres qui est un grand moloch de métal enveloppé dans la fumée de charbon, et, en son cœur, un vieux roi qui tousse et bougonne. Mais pour le reste, c'est une mignonne campagne de féerie où pullulent les *banshees*, les mages et les *pixies*, tous également gorgés de stout et de whisky, et qui seront plus tard remplacés par les hippies et les punks. Sous-branche de cette population magique, amis des sorcières et de la pluie, les champignons aussi sont partout, royaume dans le royaume.

Mais Gordon et Valentina sont en plein cœur du moloch enfumé : ils se marient dans une église russe de Londres, et peut-être y a-t-il ensuite une visite chez une vieille tante de Valentina exilée à Kensington, ou un rendez-vous avec un ancien collègue à la City, ou bien des livres à consulter à la British Library, et pour finir un avion à prendre pour rentrer à New York. Bref, tout va très vite, à peine le temps de dire ouf qu'ils sont rappelés à leurs sérieuses vies d'outre-Atlantique. Déjà la jeunesse fout le camp. La féerie campagnarde n'est pas pour cette fois. Les champignons attendront.

C'est un an plus tard, en 1927, au cours de leur voyage de noces, que débute leur passion commune des champignons. Cela, on le sait de source sûre : les Wasson eux-mêmes l'ont écrit dans leurs livres, l'ont peut-être même un peu romancé. Toujours est-il que toutes les notices le répètent à l'identique, à tel point que c'est devenu leur petite légende. Le joli mythe fondateur de leur couple et de leurs recherches.

Pour une fois, le voyage n'est pas long : ils partent quelques jours dans les Catskill Mountains, à une cinquantaine de kilomètres au nord de New York. On trouve là-bas de jolies collines verdoyantes, des ruisseaux où l'on pêche à la mouche et des tas de lodges pour les riches New-Yorkais en mal d'air pur. Des milliers d'enfants y passent leurs vacances d'été, là où d'autres se rassembleront, quelques décennies plus tard, pour un festival resté célèbre, le Woodstock Music and Art Fair. Mais n'allons pas trop vite. Pour l'heure, on est en 1927, et les Catskills sont déjà le terrain de jeu de New York, mais aussi un excellent site de cueillette.

Gordon et Valentina y arrivent en août. Après la pluie sans doute, puisque c'est une histoire de champignons. Ils sont sortis marcher dans les sous-bois. Tout à coup, Valentina – appelons-la Tina, comme tout le monde – disparaît du sentier. Elle a bondi jusqu'à une grappe de chanterelles dorées – c'est le nom russe qui lui vient spontanément : *lissitchki* ! Elle regarde autour d'elle et découvre maintenant avec extase des cèpes charnus à quelques mètres – les *borovik*, comme à Saint-Pétersbourg ! – et plus loin encore des lactaires délicieux – des *tchernouschki* ! Elle se jette à genoux pour les renifler, les cueille aussitôt, en goûte même certains tout crus, elle est ravie. Quand elle retrouve Gordon sur le chemin, elle a fait de sa longue jupe repliée un panier à champignons. Gordon s'affole, ne touche pas à ça, Tina, jette-moi ces saletés – *rubbish*, dans sa langue maternelle à lui. Ou alors, s'il est plus inspiré, il cite Shakespeare : « *For this, being smelt, with that part cheers each part / Being tasted, slays all senses with the heart* » – « Humez-les, ils stimulent et l'odorat et toutes les facultés / Goûtez-les, ils frappent de mort et le cœur et tous les sens. »

Surprise, Tina se moque un peu, elle le croyait plus renseigné sur le monde forestier. Elle lui assure qu'elle saurait reconnaître des *lissitchki* et des *tchernouschki* au milieu de mille autres champignons, qu'ils n'ont rien de vénéneux, vraiment, qu'ils sont même absolument délicieux rissolés à la poêle avec un peu de beurre. Gordon fait une moue de dégoût, elle renchérit.

Elle lui parle de son enfance passée dans les forêts autour de Moscou à collecter des champignons

– elle dit *mushrooming* –, lui cite des scènes entières de cueillette passionnée dans *Anna Karénine*, lui dit : nous les Russes, nous les aimons, tous, même les plus empoisonnés, même ceux qui donnent le vertige ou la nausée ou la folie, et certains même nous les vénérons. Vous les Anglos, vous n'y connaissez rien, ils vous répugnent, vous leur donnez des noms affreux, des noms démoniaques : chapeaux-de-sorcières, cornes-puantes, *Boletus satanas*... Vous les craignez comme le démon. Vous êtes *myco... mycophobic* !

Gordon écoute tout cela, amusé mais un peu déconfit d'être le digne représentant d'un peuple ignare. N'empêche, il n'est pas rassuré, car sa chère Tina est bien décidée à rapporter toute sa cueillette à la maison. Dans le lodge, au moment du dîner, elle en fait une grande poêlée mais lui n'y touche pas, hors de question, et d'ailleurs il préférerait qu'elle n'y goûte pas elle-même, il aimerait autant ne pas se retrouver veuf en plein voyage de noces. Tina essuie la remarque d'un roulement d'yeux souverain, façon grande-duchesse Anastasia, puis engloutit avec délice une fourchetée de *litishki*.

En bon mycophobe, puisque le mot est jeté, Gordon passe une mauvaise nuit, se réveille toutes les heures pour s'assurer que Tina est encore bien vivante. Peut-être a-t-il encore Shakespeare en tête – décidément – et rêve-t-il des farfadets de *La Tempête* s'amusant à planter des « *midnight mushrooms* » gorgés de poisons.

Elle, mycophile, dort à poings fermés.

Ça n'a l'air de rien. Madame adore les champignons, Monsieur les dédaigne. Une broutille.

Pourtant, cette dissonance entre eux les interpelle. Ils continuent à en parler bien après cette soirée dans les Catskills, sentant qu'il y a là-dessous bien plus qu'une simple divergence d'intérêts ou de goûts, que derrière la broutille se loge un grand malentendu culturel. Comme si l'un et l'autre se tenaient perchés sur les deux branches les plus éloignées du grand arbre ethnologique, sur deux pôles opposés de l'histoire des peuples.

Au lieu d'oublier ce différend, d'en faire une plate histoire de goût – dont on ne discuterait pas –, les Wasson décident de creuser l'écart, de suivre cette ligne de partage, d'en comprendre les origines. De comprendre pourquoi en 1927 une jeune Moscovite et un États-Unien descendant des premiers colons – un WASP, comme on dira bientôt – ne s'entendent pas sur cette chose à la fois banale et extraordinaire que sont les champignons.

Ils en font même le trait d'union de leur histoire commune, puisqu'à partir de 1927 ils commencent à lire frénétiquement tous les ouvrages qui traitent des champignons dans les cultures anciennes et modernes. Ils se passionnent pour la façon dont on les nomme et les consomme ici et là, dont on en fait des êtres supérieurs ou bien des monstres. Partout dans le pays, et même ailleurs, les Wasson vont écumer les bibliothèques des musées, des collections ethnographiques, des instituts de botanique. Leurs carnets se remplissent de croquis, de cartes, d'idéogrammes, de noms surnaturels, *Lycoperdon furfuraceum*, *Marasmius oreades*, satyre élégant, *fairy circles*. Toute une vie de recherche s'ouvre pour les Wasson, si bien que ce qui les séparait va maintenant les lier résolument. Au passage, ils s'inventent un titre pour leur passion bizarre : ils seront *ethnomycologues*.

Mais on ne peut pas passer sa vie dans les sous-bois ou les bibliothèques. On a beau être ethnomycologue en herbe, on est aussi banquier parfois, sans qu'on sache bien pourquoi.

Ce jour-là, Gordon Wasson est à son bureau, qu'on imagine accroché au ciel de Manhattan, dans une tour argentée comme il en pousse par dizaines dans la ville à l'époque. Il regarde par la fenêtre s'agiter la fourmilière quotidienne, mais il pense à ses champignons. En 1928, peu après le séjour aux Catskill Moutains, Wasson s'est fait embaucher au Guaranty Trust Company et le voilà perché au-dessus de Wall Street. Sur la porte de son bureau, il a son nom gravé sur une petite plaque en laiton et, juste en dessous, l'intitulé d'un poste prestigieux. Quand on travaille au Guaranty Trust, avant de monter au ciel par un ascenseur dernier cri pour atteindre son bureau, on gravit une volée de marches entre des colonnes doriques, car la banque est un temple et Wall Street, une acropole.

Mais, bientôt, les colonnes des temples vont trembler, la fourmilière s'affoler. On est mercredi. Mercredi 23 octobre 1929, et demain la Bourse dévisse.

Pour le moment, rien à signaler, juste une agitation toute banale dans les rues. Demain ce sera autre chose, une journée faite de silences de mort, et puis de cris soudains, de traversées de Wall Street en panique, plus tard dans la nuit de soûleries désespérées. Il y aura des chapeaux, des foulards piétinés, des portefeuilles abandonnés sur le trottoir.

Ce mercredi-là, au moment même où Wasson rêvasse haut perché dans sa tour, un jeune homme très brun passe en contrebas. Il s'appelle Federico García Lorca, est poète de son état, et promène son chagrin dans les rues de New York depuis déjà quelques mois. Son séjour dans cette ville est pour lui comme un long cauchemar éveillé. Tout ce qu'il voit autour de lui, la solitude des passants, la misère contre l'opulence, le béton contre l'acier, tout l'effare. Wall Street, surtout. Il rêve de voir la nature reprendre ses droits sur l'île de Manhattan, de voir les ronces fendiller les murs et crever les plafonds des banques, la Bourse se couvrir de mousse et de lichen.

Gordon, lui, le front collé à la fenêtre, pense à ses champignons. Tant mieux, qu'il rêvasse, car demain tout dévisse.

Que pense-t-il de tout ce qui s'agite en bas, des passants-fourmis et leurs attachés-cases, de la tour où il s'est juché, de ce qu'on y fabrique ? Notre banquier mycologue cherche-t-il à faire coïncider ses deux mondes ? Voit-il des analogies ? Peut-être se dit-il que l'argent, tout comme les champignons, a ses façons bien à lui de proliférer, ses mouvements secrets et ses disparitions subites. Ou bien qu'il a comme certains d'entre eux ses effets toxiques, hallucinatoires.

Sans doute sait-il déjà, avant même ce mercredi noir, que son perchoir a tout d'un château de cartes, et que les *Fungi*, prédécesseurs du genre humain, probables survivants après son extinction, sont choses plus solides que tous les empires de la finance. Mieux vaut donner son nom à un champignon, pense-t-il, pour les siècles des siècles, plutôt qu'à une grande tour gris acier au milieu de Manhattan : c'est l'élever moins haut, ce nom, mais l'effacer moins vite.

Dix-neuf heures et des poussières. Tina salue ses derniers patients, referme doucement la porte et s'assoit enfin. Une tache de lumière oblique s'est allongée sur son bureau, qu'elle prend le temps d'observer quelques minutes, comme le point final de sa journée de médecin.

Au mur, sur son affiche un peu délavée par le soleil, un ourson souriant a troqué ses béquilles pour une grosse seringue, rappelant à qui le veut bien de se faire vacciner contre la polio. À côté, de petits acrobates composent un abécédaire latin et cyrillique, tandis qu'à l'autre bout de la pièce, Babar, Céleste et leur cour regardent Tina Wasson brancher le samovar électrique, qui ronronnera jusqu'à tard dans la nuit. Elle a déjà quitté sa blouse blanche, mais a oublié le stéthoscope, toujours pendu à son cou. Après une journée passée à réparer les petits New-Yorkais – une varicelle, deux otites, une gastro-entérite, un impétigo –, le chignon n'est plus aussi impeccable qu'au matin, le sourcil tombe un peu, mais à la première gorgée de thé brûlant, le regard s'avive et les mains, ces longues mains de pianiste qu'elle tient de sa mère, se mettent en mouvement au-dessus de la machine à écrire.

Quelques années plus tôt, Tina s'est attelée à l'écriture d'un grand livre sur la gastronomie russe. Avec l'aide de sa cuisinière Florrie, elle a réuni plus de cinq cents recettes, qu'elle a peu à peu agrémentées d'anecdotes historiques, sur le goût des tsars pour le cygne farci, sur l'invention du veau Orloff ou le thé chez Tolstoï, si bien que le livre de recettes est devenu livre d'histoire, sanctuaire de la Russie d'antan, la grande et belle Russie d'avant 1917. Car, en plus des cercles d'exilés que Tina fréquente avec Gordon, lieux privilégiés de la nostalgie de l'âme russe et de la peur rouge, son livre est aussi devenu pour elle comme un refuge, une petite Russie sous cloche où rien n'aurait changé depuis Anastasia, un Kremlin miniature dans une boule à neige. Elle a écrit des chapitres entiers sur le caviar et la vodka, de quoi oublier pour un moment la mort des enfants du tsar et l'affreuse moustache de Staline. Et puis elle s'est attaquée à une note de bas de page sur le raffinement des peuples slaves en matière de champignons. Mais la note a, pour ainsi dire, champignonné, proliféré sur des dizaines de pages, s'est divisée en cinq chapitres, est devenue livre dans le livre. Au point de faire disparaître les frontières de l'étude initiale et d'y inclure tout ce que Tina et Gordon ont lu depuis des années sur les organismes dans les cultures du monde entier. Alors, chaque soir ou presque depuis des semaines, elle retranscrit des pages entières de notes à l'écriture serrée, ponctuée parfois de caractères cyrilliques et de minuscules croquis de mycètes, qui se mêlent aux lettres en d'étranges rébus.

Deux légers coups sur la porte annoncent l'arrivée de Gordon. Il entre sans bruit, un volume sous le bras, s'approche du bureau, dépose un baiser sur la main dactylo, la longue main tsarine de Tina qui termine sa phrase, épelant les syllabes à voix haute, puis lève le nez de la machine, lui sourit – *hello, dorogoï* –, lui sert une tasse de thé. Le résumé de la journée, comme toujours, est vite expédié, les histoires de fusions-acquisitions étant aussi passionnantes aux oreilles de Tina que les descriptions d'impétigos à celles de Gordon. Mais tout de même c'est leur petit jeu, s'infliger réciproquement quelques minutes de médecine ou de finance, quelques mots de leurs affreux jargons, juste pour le plaisir de retrouver aussitôt après le langage commun de leurs chers champignons. Pour le plaisir de clore la journée du banquier et celle de la pédiatre, et d'entamer leur seconde journée à tous les deux, leur journée d'ethnomycologues.

La nuit tombe. Bientôt, Florrie servira le dîner aux enfants. Dans le salon, au-dessus du cabinet de Tina, on entend la petite Masha jouer sur son tricycle, surveillée du coin de l'œil par son grand frère Peter, qui fait ses devoirs du soir. Sur la Remington, les mains de Tina ont repris leur ballet mécanique, s'arrêtant uniquement pour vider ou remplir la tasse de thé. De l'autre côté du bureau, Gordon prend des notes sur les champignons présents dans un tableau de la Renaissance. Il est si concentré qu'il tire un peu la langue. C'est ainsi que Mr. et Mrs. Wasson, sous l'œil bienveillant de Babar, Céleste et de l'ourson prophylactique, font leurs devoirs du soir.

Il a bien choisi son poste, Gordon Wasson. Sa tour grise, il n'y est pas si souvent. Il passe la fin des années trente en mission ici ou là, à Londres ou bien en Argentine. À Buenos Aires, dans d'autres tours moins hautes et moins grises, il serre des mains, signe des contrats juteux avec des négociants en grains, en viandes, infléchit peu à peu son accent castillan, le rend plus chantant, plus italien, apprend des mots d'argot local. Entre deux affaires, il jette un œil par la fenêtre au grand fleuve brun qui borde la ville, essaie d'en voir la rive opposée en se dressant sur la pointe des pieds, en vain. Le soir, il ne lit pas Jorge Luis Borges mais William Henry Hudson, un Argentin né de parents anglais, un conteur d'aventures, passionné de grands espaces et de petits oiseaux. Dès qu'il le peut, une fois tous les contrats signés, Wasson file en bateau voir de ses propres yeux ce qu'il a lu dans *The Purple Land*, en Uruguay, sur la rive opposée du fleuve brun, dans les rues de Montevideo. Ou bien il lit *Idle Days in Patagonia*, alors il file vers le sud. Au milieu de la pampa, son chapeau de gaucho lui donne un air de Gary Cooper dans *Le Cavalier du désert*. Gordon Wasson, l'aventurier. Un visage de plus.

Un soir glacial de novembre 1940, alors que Gordon est en mission outre-Atlantique, Tina, Peter et Masha se pressent devant le Broadway Theatre au milieu d'une foule compacte, nimbée par la buée et la fumée de cigarette, par tous les petits nuages qui s'échappent des bouches. Ils attendent que les portes s'ouvrent. Ils vont assister en avant-première au spectacle de l'année, le dernier-né des studios de Walt Disney. Ça s'appelle *Fantasia*. Au-dessus des portes, une immense affiche où l'on voit, pêle-mêle, des centaures et des dinosaures, un hippopotame en tutu, Mickey et le diable. Ça ne lésine pas. Mais c'est ce qu'il lui faut, à cette foule, après une décennie sinistre faite de courbes en chute libre et de tempêtes de poussière. Alors, devant le Broadway Theatre, sous les lumières électriques, sous leurs chapkas, Peter et Masha trépignent, triturent dans leurs poches leurs tickets d'entrée pour le grand rêve.

Plus tard, lorsque la projection commence, la vivacité du Technicolor les saisit, le son aussi, si particulier, si enveloppant, *surround* comme on dira plus tard, pour l'heure une technologie toute nouvelle et nommée pour l'occasion « Fantasound ». S'amorce ensuite un long trip de plus de deux heures où l'on pénètre dans des bulles de savon et des volcans en éruption, dans des mondes de kitsch où tout miroite et scintille, où tout, fleurs pégases balais, s'anime et se met à valser. Une immersion hallucinée où les formes, les couleurs et les sons se répondent, jaillissent, s'entortillent. Après les années noires, Disney promet la grande récréation hallucinée, le joyeux dérèglement de tous les sens à trois dollars la place.

Vers la quinzième minute apparaissent à l'écran six champignons rouges. Leurs chapeaux sont couverts de gouttelettes de rosée étincelante. La musique démarre. Tchaïkovski, la « Danse chinoise » de *Casse-Noisette*. On entend d'abord la cadence grave des bassons, et puis une envolée de flûte, un air léger, guilleret, comme un chant d'oiseau, précédant les pizzicati des violons. Au même moment les champignons bondissent, s'ébrouent et entament une danse en cercle, sautillante, au rythme des cordes. Ils ont des traits asiatiques et leurs pieds leur font comme des robes longues. L'un d'eux, plus petit que les autres, ne suit pas la chorégraphie, se dandine, tombe de scène et puis remonte, c'est mignon à souhait. La séquence est inspirée, dit-on, d'un rêve qu'a fait Tchaïkovski lui-même, grand mycophile, et qu'il raconte à sa mécène Mme von Meck dans une lettre du 23 mai 1878 : « Toute la nuit j'ai rêvé de gros champignons, roses et gras. »

Au fond de la salle obscure du Broadway Theatre, Tina est aux anges. Ses champignons adorés dansant sur la musique de son enfance, elle ne l'avait pas vu venir. Après le film, dans le taxi du retour, elle raconte à ses enfants l'histoire de *Casse-Noisette*, qu'elle a vu à Moscou lorsqu'elle avait leur âge, elle leur parle de la fée Dragée, du Roi des souris, et peu à peu les images du Royaume des délices se mêlent à celles de sa ville natale, le fleuve d'Essence de Rose prend des airs de Volga. Le récit se complique, et Peter n'écoute que d'une oreille, il ne se remet pas de la séquence de l'apprenti sorcier. Les balais animés tournent encore en boucle dans sa tête. Masha, elle, s'est endormie, chapka contre la vitre.

Cette histoire-ci est connue. C'est l'histoire d'un nouveau monde découvert à vélo.

Cela se passe en Suisse, en 1943. Partout autour c'est la mitraille. Mais ici, à Bâle, entre les montagnes, on ne l'entend pas. Le Rhin coule indolent. Le jeune Albert Hofmann le longe en pédalant, comme tous les jours, pour aller travailler au laboratoire pharmaceutique Sandoz. À trente ans et quelques, il a tout du petit génie. Ce qu'il aime par-dessus tout, en bon chimiste, c'est isoler des choses. Des structures, des principes actifs. S'entourer de mystérieux schémas moléculaires faits de lettres et de bâtons rangés en hexagones.

Quelques années plus tôt, il s'est passionné pour la chitine, composant principal de l'exosquelette des insectes. Au risque de passer pour un obscur sorcier ou un enfant sadique, il a décortiqué toutes sortes de blattes, de crustacés, extirpé le suc digestif de gastéropodes à coquille, et publié une brillante thèse de doctorat sur la production de chitine par les escargots de Bourgogne.

Plus tard, pour Sandoz, Hofmann a isolé les principes actifs de la vénéneuse fleur digitale, puis s'est consacré à l'ergot de seigle, un champignon responsable d'abominables intoxications collectives au Moyen Âge, connues sous le nom de « mal des ardents » ou de « feu de saint Antoine ». En 1938, il est parvenu à isoler l'un des acides de l'ergot, qu'il a appelé lysergique, et en a produit une série de dérivés de synthèse. Le vingt-cinquième de cette série est le diéthylamide. En abrégé : LSD-25. Mais s'il a fait s'agiter plus que de raison les animaux du laboratoire, le composé n'a pas eu l'air de servir à grand-chose dans la pharmacopée. Il est tombé aux oubliettes, comme des milliers d'autres molécules jugées improductives.

Pourtant, Hofmann y revient. Ça le tracasse, sans qu'il sache dire pourquoi. Cinq ans après, en 1943, il reprend les expériences, se penche à nouveau sur son diéthylamide, et par inadvertance s'en colle sur le bout des doigts. Fatigué, il se frotte les yeux. Quelques minutes plus tard, il se sent tout chose. Il interrompt son travail et rentre chez lui s'allonger, en proie à une agitation onirique sans précédent doublée de vertiges. La crise passe au bout de deux heures.

Quelques jours plus tard, une fois complètement remis, Hofmann cherche à comprendre ce qui lui est arrivé. Il fait les cent pas dans les couloirs du laboratoire, réfléchit à voix haute, parle à ses tubes à essai. Après moult hypothèses écartées, il décide, pour en avoir le cœur net, d'ingérer ce qu'il estime être une dose minime de diéthylamide, 0,25 milligramme, qu'il boit cul sec avec un peu d'eau au fond d'un bécher.

Au bout d'une demi-heure, les vertiges reviennent, puis des distorsions visuelles, des bouffées d'angoisse et des crises de fou rire. Le doute est levé : le diéthylamide qu'il vient d'avaler est une potion magique surpuissante, mais déjà Hofmann n'est plus en mesure de l'expliquer, les mots dégoulinent de ses lèvres sur son menton lorsqu'il les prononce, ou bien poussent comme des tiges depuis sa langue. C'est tout juste s'il arrive à convaincre son assistante laborantine de le ramener chez lui. Comme aucune voiture n'est à disposition, ils doivent prendre leur vélo.

Au cours des quatre kilomètres qui le séparent de sa maison, Hofmann plonge dans le délire le plus complet. Il croit faire du surplace alors qu'en réalité il pédale à toute allure, tandis qu'autour de lui le fleuve, la ville, l'assistante, l'ouest et l'est, tout se détraque. S'ensuivent quelques heures de pur cauchemar où Hofmann se sent successivement devenir fou, à l'agonie, possédé par le démon. Il réclame du lait comme antidote à ce poison, cependant lorsque sa voisine lui en apporte, ce n'est plus la Mrs. R. qu'il connaît mais, dira-t-il, une affreuse sorcière au masque coloré. Plus tard, un médecin l'examine mais ne détecte aucun symptôme, hormis l'extrême dilatation de ses pupilles. Et puis Hofmann revient doucement de son enfer, laisse les kaléidoscopes tourner encore un peu devant ses yeux mi-clos, remarque au passage que les sons alentour prennent aussi formes et couleurs – peut-être se rappelle-t-il soudain le mot *synesthésie*, ou bien les premiers vers d'un lointain sonnet de Baudelaire qui chante les transports de l'esprit et des sens.

Le lendemain, il est frais comme une rose, pas un soupçon de gueule de bois. *No aftereffect*, son esprit est comme neuf.

Onze ans après *Fantasia*, le trip continue avec *Alice au pays des merveilles*. Entre-temps, Walt Disney a adapté *Bambi* et *Cendrillon*. Il aspire maintenant l'univers de Lewis Carroll dans son propre pays des merveilles, qui ne cesse de s'étendre – et qui bientôt sera construit en dur, avec montagnes russes et monorail, à quelques kilomètres de Los Angeles.

En 1951, une fois plongés dans la salle obscure, les spectateurs tombent dans le terrier du lapin blanc, guidés par une Alice cobaye qui goûte à tout ce qui lui tombe sous la main. Après une altercation avec d'insupportables fleurs qui la prennent pour du chiendent, la voici nez à nez avec une grosse chenille bleue qui fume le narguilé sur un champignon. Très vite, la conversation tourne court, la bestiole n'est pas plus sympathique que les autres, mais prodigue à Alice quelques conseils. Le dernier avant qu'elle ne disparaisse, changée en papillon, est une invitation à croquer dans le champignon pour prolonger l'aventure et les métamorphoses :

« Un côté te fera grandir…

– Un côté de quoi ?
– … et l'autre côté te fera rétrécir.
– L'autre côté de quoi ?
– Du champignon, bien sûr ! »

Un jour, les Wasson en arrivent à l'hypothèse selon laquelle les peuples se divisent en deux catégories : les mycophiles et les mycophobes.

Sont mycophobes les Anglo-Saxons, sans aucun doute. Les Anglais au plus haut point.

Ambassadrice : Etty, fille de Charles Darwin, armée d'un bâton pointu, transperçant, puis brûlant en cachette les champignons aux formes trop suggestives – le bien nommé *Phallus impudicus* – pour éviter qu'ils n'éveillent des désirs impropres chez ses employées de maison.

Ambassadeur bis : le poète John Keats, décrivant les *Fungi* comme une « race morbide et pâle, aux couleurs pareilles à la joue d'un cadavre ».

Mycophobes les Bretons, qui les appellent bonnets de crapauds, *kabell-touseg*, et pensent que les batraciens en font leur poison.

Mycophobes aussi les Néerlandais.

Ambassadeurs : Jérôme Bosch, plantant un gros bolet Satan à l'entrée de la grotte des Enfers, dans son triptyque *Le Chariot de foin* ; Otto Marseus van Schrieck et ses étranges natures mortes où les champignons sont toujours les acolytes des plus affreux crapauds et serpents.

Les Slaves, en revanche, sont de grands mycophiles.

Ambassadeur : Vladimir Ilitch Lénine ratant son train parce qu'il a préféré ramasser des cèpes à côté des rails.

Chinois : fervents mycophiles aussi, qui vont se recueillir sur les montagnes saintes où pousse le *Ling chih*, champignon d'immortalité.

Mycophobes les Espagnols, sauf les Catalans.

Français : les deux à la fois. Ils en adorent certains, en détestent d'autres, qu'ils appellent pisse-chien, pet de crapaud, œuf du Diable, satyre puant, cœur de sorcière.

Mycophiles les Provençaux, mycophiles les Italiens.

Ambassadeur : Giuseppe Arcimboldo et ses portraits végétaux – ici un agaric pour faire l'oreille, là des clavaires pour la barbe, une amanite des Césars pour le mollet.

Romains : plutôt mycophobes.

Ambassadrice : Locuste, empoisonnant l'empereur Claude avec un plat de champignons sur les ordres d'Agrippine, pour mettre Néron sur le trône.

Ainsi nos deux Wasson ont ouvert une petite porte du savoir, qu'ils appellent ethnomycologie, à une époque où l'on croit à peu près toutes les portes déjà ouvertes, toutes les connaissances établies, classées, fléchées.

Imaginez le vertige : d'un coup, cette petite porte du savoir que vous ouvrez donne sur le vaste monde et ses annales depuis les origines. Vous voilà aussi puissants que minuscules. Vous ne pouvez plus dès lors vous contenter sérieusement de trois ou quatre prestigieuses bibliothèques de la côte Est, d'un voyage d'étude par an. Il faut aller partout, herboriser aux quatre coins, connaître tous les champignons, les rites et les mythes, lire et parler toutes les langues, et fissa, car vous avez déjà la quarantaine, il vous reste environ quarante ans, si l'on est optimiste, pour interroger tous les peuples et lire tous les livres. L'avantage, c'est que vous êtes deux, instruits et fortunés. Vous avez le bagage des universitaires mais la liberté des autodidactes. Vous savez écrire et voyager, ne craignez ni les piqûres d'araignées ni les volumes de plus de mille pages. Les forêts et les bibliothèques sont pour vous des labyrinthes familiers.

Alors, vous pressez le pas. Russie, Pays basque, Laponie, Frise, Japon, Provence, la terre entière roule sous vos pieds. Tous les champignons vous plaisent, mais ceux qui vous passionnent tout particulièrement, ce sont les psychotropes. Ils sont comme une caste à part, une étrange famille, à peine deux cents espèces sur les dizaines de milliers du règne des *Fungi*. Surtout, ils ouvrent sur d'autres mondes, des mondes invisibles. Leur halo de mystère vous fascine. Leur mauvaise réputation vous attire, ce que l'on dit d'eux, leurs accointances secrètes avec la foudre, le diable, la folie.

Vous lancez à leur sujet des recherches de grande ampleur, correspondez avec les plus grands spécialistes. Vous élaborez des hypothèses audacieuses, qui parfois seront rejetées mais toujours feront date. Vous postulez ainsi que le soma, la plante d'immortalité décrite dans le *Rig-Véda* de l'Inde antique, n'est autre qu'*Amanita muscaria*, l'amanite tue-mouche, toxique et hallucinogène. Vous supposez que les mystères qu'on pratiquait à Éleusis dans la Grèce antique reposaient sur la consommation de l'ergot de seigle. Vous voyez des spécimens psychotropes partout, dans les fleurs que s'échangent les déesses Déméter et Perséphone sur un bas-relief, sur cet arbre de la connaissance dans une fresque du Moyen Âge.

En toile de fond se dessine l'idée, osée mais exaltante, que l'une des premières formes de religion de l'humanité serait un culte aux champignons, fondé sur l'usage de substances psychoactives. Vous ne postulez rien de moins que l'origine des religions. D'ailleurs, vous ne dites pas hallucinogène. Vous préférez inventer un mot – encore un : *enthéogène*, c'est-à-dire qui génère le sentiment du divin, qui fait croître le dieu intérieur.

C'est excitant, seulement voilà, votre terrain n'est pas vierge. Vous n'avez fait que jeter un regard neuf, des prémisses nouvelles sur un sentier battu, où d'autres – botanistes, historiens, linguistes – sont déjà passés avant vous. Vous rêvez d'un secteur inexploré, d'une *terra incognita*.

Alors, quand à l'automne 1952 vous tombez sur ces chroniques de la conquête du Mexique où l'on parle d'Indiens qui s'enivrent et s'endiablent avec des champignons, quand à peu près au même moment vous apprenez qu'un grand nombre de splendides pierres taillées en forme de mycètes ont été découvertes dans les hautes terres guatémaltèques, des pierres qu'on appelle, faute de mieux, *pierres-champignons*, mais qui ont aussi des traits animaux et humains, quand vous supposez, à raison, que tout cela témoigne de pratiques dont l'Occident ne connaît encore presque rien, à ce moment-là, votre sang ne fait qu'un tour.

« Au début de la cérémonie, quand c'était l'heure où sonnent les flûtes, ils mangeaient des champignons. Ils ne partageaient pas encore la nourriture ; ils buvaient seulement du chocolat pendant la nuit, et mangeaient des champignons avec du miel. Quand ceux-ci faisaient effet, ils commençaient à danser ou à pleurer. Et certains encore dans leur bon sens s'asseyaient à leur place, appuyés contre leur maison, dodelinant de la tête. Certains voyaient dans une vision qu'ils allaient mourir et ils pleuraient. Certains voyaient qu'ils mourraient à la guerre. D'autres qu'ils seraient dévorés par des bêtes sauvages. D'autres qu'ils feraient l'ennemi prisonnier à la guerre. Certains voyaient dans une vision qu'ils deviendraient riches, opulents. D'autres voyaient qu'ils deviendraient propriétaires d'esclaves. Certains voyaient dans une vision qu'ils commettraient l'adultère et qu'alors on leur écraserait la tête et qu'ils seraient lapidés

à mort. D'autres qu'ils voleraient et qu'alors ils seraient aussi lapidés à mort. D'autres que leur tête serait écrasée avec une pierre, ou qu'ils seraient emprisonnés. D'autres qu'ils périraient dans l'eau. Certains voyaient dans une vision qu'ils passeraient paisiblement de la vie à la mort. Certains voyaient dans une vision qu'ils tomberaient du haut d'une maison, chute qui causerait leur mort. Toutes ces choses leur arriveraient un jour ; toutes ces choses qu'ils voyaient leur arriveraient, ou bien elles s'enfonceraient dans l'oubli. Et quand l'effet des champignons cessait, ils parlaient entre eux de ce qu'ils avaient vu dans les visions. »

Bernardino de SAHAGÚN,
Histoire générale des choses de la Nouvelle-Espagne

Si Gordon Wasson s'abîme régulièrement dans les bibliothèques à la recherche des dieux oubliés, s'il se passionne pour les rites des premiers hindous ou pour les mystères qu'on célébrait près d'Athènes dans le temple de Déméter, il n'a pas pour autant quitté son acropole de Wall Street, où il officie maintenant chez J.P. Morgan & Company.

On l'imagine négociant des contrats à l'étranger, organisant des déjeuners d'affaires et des dîners de gala entre décideurs, pour ce faire passant des tas de coups de fil avec un gros combiné noir en bakélite comme on en voit chez Hitchcock. Il ne consacre pas tout son temps à ses champignons. Souvent il s'affaire, fait tourner la boutique. Tant et si bien qu'à la mort de son patron J.P. Morgan – Jack Pierpont, le fils, et non pas John Pierpont, le père, l'affreux père au nez boursouflé –, Wasson gravit les étages du building néoclassique, se rapproche encore un peu plus des nuages et devient vice-président aux relations publiques. Est-il au même étage que le président *himself*, quelle vue a-t-il sur New York depuis la fenêtre panoramique, on ne le sait pas. Peu importe, Wasson le banquier nous indiffère. C'est Wasson l'aventurier qui nous intrigue. Ou plutôt Wasson le banquier préparant ses prochaines aventures depuis son bureau de vice-président. Wasson réservant son avion pour Mexico City avec son combiné téléphonique de vice-président, griffonnant des champignons sur le très sobre papier à en-tête d'une des plus grandes banques des États-Unis.

D'ailleurs, comment fait-on pour se lancer dans ce genre d'aventures lorsqu'on est vice-président de J.P. Morgan & Company ? Que dit le président lorsqu'on lui fait part du projet, appuyant la demande d'un exposé ethnomycologique en règle, avec force croquis de champignons sur le papier à en-tête ? Est-on tenu de suspendre à la porte de son bureau un écriteau qui dit : « Absent durant les prochaines semaines pour cause de recherche du champignon divin » ?

Les voies de la finance sont impénétrables, alors admettons : c'est l'été 1953, Wasson a eu son blanc-seing et s'apprête à se lancer dans sa grande aventure mexicaine, sur la piste des champignons hallucinogènes de la région mazatèque.

Bien sûr, la potion magique LSD-25 ne va pas tarder à sortir du laboratoire. Sa recette a même déjà été brevetée en 1948 par l'apprenti sorcier Albert Hofmann et par Arthur Stoll, patron des laboratoires Sandoz. Le fils de ce dernier, Werner Stoll, psychiatre, teste pour la première fois l'acide sur des patients atteints de troubles mentaux. Il publie un rapport encourageant où il classe le LSD dans la jolie catégorie des *phantastica*. La molécule aux mille promesses se démultiplie, fait parler d'elle. Cela tombe dans l'oreille d'un certain Alfred Hubbard, drôle d'oiseau millionnaire qui, après l'avoir testé lui-même, décide aussitôt d'abandonner son commerce d'uranium pour se consacrer à la diffusion du psychotrope, qu'il considère comme un puissant outil pour le progrès de l'esprit humain. Il part pour la Suisse, frappe à la porte des laboratoires Sandoz et leur achète dix mille doses. Revenu aux États-Unis, il relaie sa découverte autour de lui, ne sort jamais sans quelques échantillons dans sa sacoche en cuir. Parmi les nouveaux adeptes, des psychiatres d'Hollywood, qui à leur tour feront connaître le LSD à leurs célèbres patients, mais aussi un certain Aldous Huxley, qui bientôt écrira *Les Portes de la perception*.

En pleine guerre froide, les États-Unis expérimentent leurs premiers trips sous acide. La toute récente CIA s'intéresse de près aux techniques de manipulation mentale. Elle met en place les projets Bluebird et Artichoke, qui ont pour but de développer les techniques d'interrogatoire et les sérums de vérité, puis vient le programme MK-Ultra – comme « ultra-confidentiel » –, qui prévoit de pousser plus loin encore les expérimentations tous azimuts en matière de contre-espionnage. Tout y passe : polygraphe, hypnose, électrochocs, privation sensorielle. À l'armada chimique déjà connue – opiacés, cocaïne, barbituriques – s'ajoute, bien sûr, dès sa création, le LSD, administré à tout-va sur des milliers de cobayes plus ou moins consentants. Dans le plus grand secret, on s'essaie à la magie noire pour laver les cerveaux, effacer les mémoires, briser les résistances.

Loin de Washington, dans une petite ville du Gard nommée Pont-Saint-Esprit, à l'été 1951, on se croit revenu aux temps anciens du « mal des ardents » et des possessions démoniaques. Vers la mi-août, des dizaines d'habitants se mettent à trembler, à vomir sans cesse, ne ferment plus l'œil de la nuit, souffrent de bouffées de chaleur et de vertiges. Cinq d'entre eux meurent en quelques jours. Au cours de la nuit du 25 août, surnommée « nuit de l'apocalypse », la population est en proie à de violentes hallucinations.

L'un sent son corps écrasé comme dans un laminoir, l'autre voit son cœur s'échapper par son pied, ou bien mille tigres et mille langues de feu se jeter sur lui. Trois se défenestrent, vingt-cinq sont internés. À l'hôtel-Dieu de Pont-Saint-Esprit, ça convulse et ça crie, les ambulances arrivent, on sort les barbituriques et les camisoles, on n'a jamais vu ça. En quelques heures, la ville s'est transformée en enfer.

Le premier à être désigné coupable répond au nom de *Claviceps purpurea*. Autrement nommé l'ergot de seigle, le champignon dont Hofmann a tiré l'acide lysergique, qui se serait trouvé dans la farine livrée à Pont-Saint-Esprit, et donc dans le pain mangé par les habitants. Au passage, le fourbe *Claviceps* entraîne avec lui dans l'opprobre le boulanger de la ville. Tout le pays en parle comme l'affaire du « pain maudit », qui vient raviver de vieilles peurs enfouies, celles des hystéries collectives, des manies dansantes ou des fléaux tombés du ciel. Des craintes anciennes et des plus récentes, comme celle des complots mondiaux, celles de l'espionnage et de la guerre chimique. Une autre piste voudrait que le coupable ne soit autre que la CIA et l'arme du crime, non pas l'acide lysergique, mais son cousin de synthèse, le nouveau-né LSD, pulvérisé depuis les airs sur le pauvre bourg.

C'est la saison des pluies. À Mexico, comme souvent, on patauge. On regarde tomber le déluge. La faute au dieu Tlaloc, « celui qui fait ruisseler les choses ». C'est l'été 1953 dans l'immense capitale qui glisse et s'effondre, d'où parfois remontent à la surface les trésors de la fière Tenochtitlan, sa jumelle enterrée, ville sous la ville. C'est l'été et les Wasson viennent d'arriver. Cette fois, ils sont trois : Gordon, Tina et Masha, leur fille de seize ans. À Mexico, ils passent peu de temps, car ils n'ont en tout que dix jours et qu'ils doivent mettre le cap sur le sud-est, à Huautla de Jiménez, à trois cents kilomètres de là. Suivant sa piste mexicaine, Gordon a fini par apprendre que des cérémonies nocturnes se pratiqueraient encore avec des champignons dans la région mazatèque, au milieu des montagnes, non loin de Oaxaca. Espérons tout de même qu'ils passent deux ou trois jours au moins dans la capitale, le temps de voir le Templo Mayor ou bien le monolithe de la terrible déesse Coatlicue, à la jupe de serpents et au collier de cœurs humains, sculptée dans un bloc de deux mètres par trois. Espérons que la jeune Masha, pour son premier voyage au Mexique, ait vibré devant le monstre de basalte.

Ils prennent la route le 8 août 1953, en compagnie d'un ethnologue autrichien installé au Mexique depuis vingt ans, Robert Weitlaner, qu'ils appellent Don Roberto. Il connaît bien les Mazatèques et il est le premier à avoir pu mettre la main sur des champignons divins, sans toutefois les goûter.

Ils partent à l'aube. Le chauffeur les attend devant leur hôtel du centre, en face du Zócalo peut-être, au pied d'un drapeau mexicain grand comme un nuage. Les Wasson se serrent sur la banquette arrière, Masha au milieu, entre ses parents, les sacs sur les genoux. Une fois sortis de la ville, sur la grande route à quatre voies, on a ouvert les fenêtres malgré la poussière, et le vent a soudain fait virevolter saint Christophe et le petit Jésus accrochés au rétroviseur. Le chauffeur a dit que c'était bon signe, que la route serait bonne, parce que le saint patron des conducteurs s'était mis à danser. Dans la voiture tous comprennent l'espagnol, le parlent plus ou moins, avec des accents variés – autrichien pour Don Roberto, russe pour Tina, argentin pour Gordon. Masha aussi comprend à peu près ce qui se dit, mais elle préfère s'entraîner tout l'après-midi à répéter comme des virelangues les mots aztèques qu'elle a notés dans son petit carnet depuis qu'elle est arrivée : *Popocatépetl, Huitzilopochtli, Mictecacihuatl, tlitliltzin*... La journée passe à travers la grande plaine aride. On fait une halte à Puebla, le soir on arrive à Tehuacán et l'on voit le soleil se coucher sur une forêt de cactus.

Le lendemain, c'est le train jusqu'à San Antonio, puis un vieil omnibus plein à craquer sur la pire route du monde – c'est Gordon qui le dit – pour atteindre Teotitlán del Camino, au pied de la sierra mazatèque. Au matin du troisième jour, ce n'est pas un chauffeur qui les attend devant l'auberge mais Víctor, leur guide et muletier mazatèque, au milieu de cinq montures rachitiques. Une fois les mulets chargés, l'ascension commence jusqu'à La Cumbre, à trois mille mètres d'altitude. Là-haut, après des heures de montée, ils voudraient souffler un peu mais Víctor leur interdit de s'arrêter : La Cumbre est un repaire de brigands, on ne s'y arrête pas, même si l'on est épuisé, et juché sur une bête elle aussi épuisée, facile à rattraper pour des bandits qui vous détroussent et disparaissent aussitôt par les versants.

Alors, on continue. Il faut descendre dans la vallée suivante, remonter un autre col, oublier ses reins et son coccyx en mille morceaux sur la selle, descendre encore, regarder plus loin que le nuage de poussière qu'on soulève sur le chemin, voir apparaître enfin les premières maisons de Huautla, jetées à flanc de montagne comme une poignée de dés sur un tapis vert et sous le bleu foncé de la fin du jour.

Depuis la rue principale de Huautla, parmi tout ce vert et ce bleu et parmi les peaux brunes on voit surgir de l'horizon à l'entrée du village, précédés par Víctor, quatre têtes blanches, quatre visages harassés dont la poussière grise a souligné les rides, là-dessus quatre tignasses en bataille trempées de sueur sous des chapeaux trop neufs. Parmi ces quatre-là, les vieux de Huautla reconnaissent peut-être Don Roberto, qui est déjà venu, mais les trois autres – un homme, une femme, une jeune fille –, sortis tout blancs du ventre de la montagne, sont de parfaits étrangers. Et on a beau être en 1953, à Huautla de Jiménez, ce genre d'apparitions, ce n'est pas tous les jours. Une apparition de *güeros* – prononcez *weros*, avec un *r* roulé, bien sûr –, comme on dit au Mexique pour qualifier ceux qui ont le cheveu clair, le teint pâle.

Bientôt, à Huautla, on ne s'en étonnera plus. Les *güeros* arriveront par flopées, feront partie du paysage. Mais ce n'est pas pour tout de suite. Ne brûlons pas les étapes. En cet été 1953, l'apparition des Wasson a encore de quoi surprendre. Le soir de leur arrivée, dans le secret de la nuit, sous les toits de chaume on s'interroge peut-être, en mazatèque ou bien en espagnol, on se demande qui sont ces trois-là, ce qu'ils viennent chercher ici, ce qu'ils viennent vendre, s'ils sont marchands, s'ils ont à voir avec le projet d'aérodrome que le maire veut installer. On ne tarde pas à le savoir. Les Wasson commencent dès le lendemain leur enquête sur le champignon sacré, questionnant ici et là, à bas bruit, peu à peu soulevant le voile – *en trouve-t-on ici, peut-on les voir, y a-t-il des cérémonies ?*

À la nuit tombée, Víctor le muletier leur rend visite, s'approche de la lueur des bougies et ouvre sous leurs yeux un minuscule paquet en tissu contenant quelques spécimens d'un brun pâle. Il en sort un, qu'il place au creux de sa main avec le plus grand soin, comme une relique, puis le remet à l'intérieur et referme aussitôt le paquet. Il est venu les avertir : l'objet de leur quête n'est pas anodin, mieux vaut ne pas en parler, c'est très périlleux, *muy delicado*. Sa voix faiblit encore lorsqu'il révèle que le champignon s'appelle *Ndi-xi-tjo*, mais le mot mazatèque est tabou, saturé de mana, il répugne à le prononcer, le fait en un murmure. D'ailleurs, il ne le prononcera plus ensuite, remplaçant le mot par un petit geste de la main devant sa bouche. Il explique que le nom signifie « ce qui jaillit », ce qui advient tout seul, comme le vent, on ne sait d'où ni pourquoi – *lo que viene por sí mismo, no se sabe de dónde, como el viento que viene sin saber de dónde ni por qué.*

Les Wasson passent les jours suivants à flanc de montagne à chercher les champignons sacrés, mais la pluie s'est arrêtée plus tôt que prévu, la récolte est maigre, ils n'en cueillent qu'une poignée. Wasson en mange un ou deux, grimace, car ils sont affreusement amers, mais c'est tout, ça ne suffit pas pour déclencher quoi que ce soit. Le jour du départ approche et rien n'a avancé : pas assez d'échantillons, personne à Huautla pour diriger une cérémonie.

La veille de leur départ, Víctor revient les voir, accompagné d'un certain Aurelio Carreras, un chamane mazatèque qui, après mûre réflexion, a accepté de mener pour eux une veillée aux champignons, cette nuit-là. Lorsque les Wasson l'ont salué – *mucho gusto* –, Aurelio n'a pas répondu, s'est contenté d'esquisser un demi-sourire insondable ; on ne sent pourtant chez lui rien d'hostile, plutôt une distance polie, circonspecte.

On l'imagine le visage rond, tanné par le soleil et la pluie comme un vieux cuir malgré ses quarante et quelques années, le visage fendu en diagonale, surtout, par un cache-œil, car Aurelio est borgne. Cela posé sur un corps robuste lui donne un air de cyclope – ce qui nous va, car c'est le début d'une petite odyssée.

De son œil unique roulant dans son orbite, Aurelio examine les Wasson. Dans les minutes qui suivent, on suppose qu'il parle peu, gardant pour lui ses observations sur les nouveaux venus, ou bien gardant sa salive pour la nuit qui s'annonce, lorsque les champignons parleront par sa bouche. On saura plus tard qu'il a appris l'espagnol avec sa femme, mais ne peut le lire ni l'écrire.

Dans sa langue rudimentaire, il conseille de ne parler à personne des champignons, l'index posé sur les lèvres soulignant le maître mot, *silencio*. Il ajoute que pour la nuit il aura besoin de son fils Demetrio comme interprète, puisque contrairement à lui-même, les champignons sacrés, eux, ne parlent que mazatèque.

Il demande enfin quelle est la question qu'ils souhaitent leur poser. Comprenez, on ne toque pas ainsi à la porte du sacré sans raison, juste comme ça, pour voir si ça sonne creux, si ça répond. Les Wasson hésitent, sentent bien que la curiosité scientifique n'est pas un motif recevable, finissent par avouer qu'ils sont inquiets pour leur fils Peter, qui travaille à Boston et dont ils n'ont aucune nouvelle depuis des semaines. Voilà ce qu'on demandera cette nuit aux champignons : des nouvelles du fils resté loin d'eux.

Une fois que le noir s'est fait autour de Huautla, vers les vingt et une heures, on entre chez Aurelio. C'est une chambrette très simple, au sol de terre battue, quelques nattes où dorment deux enfants et somnole une femme, un nourrisson sur son ventre. De cette pièce sommaire, pourtant, Aurelio va, pour les cinq prochaines heures, faire sa scène, le théâtre de sa liturgie, à la lumière des chandelles. Un théâtre d'objets surtout : sur une table qui fait office d'autel, il a disposé des morceaux de copal et des amandes de cacao, une poignée de grains de maïs et de tabac vert, des œufs de poule et de dindon, deux plumes de perroquet, six rouleaux d'écorce et quatorze paires de champignons. Entre ses mains, tout cela s'anime, deux grains de maïs sont séparés du tas pour figurer les enfants Wasson ; les champignons sont passés dans la fumée du copal incandescent, puis mastiqués, du premier au dernier.

Tina la pédiatre est venue elle aussi avec son petit théâtre d'objets : stéthoscope, thermomètre, jauge de pression, ophtalmoscope. Si elle le voulait, si elle osait, elle pourrait exécuter sa liturgie à elle, son rituel médical, mesurer sur Aurelio la pupille dilatée, le pouls trop rapide ou trop lent, la pression altérée. Mais elle comprend vite à quel point il serait malvenu de jeter au cœur de la nuit cérémonieuse ces instruments étranges et froids. Alors, d'un bout à l'autre de la veillée, elle écoute, et Gordon prend des notes, tant bien que mal, dans la pénombre. Aurelio, après avoir invoqué La Trinité et quelques saints, parle longuement en mazatèque, garde son œil fermé, pose des questions sur Peter, tantôt aux Wasson, tantôt aux champignons.

Et puis le théâtre d'objets reprend, les plumes sont assemblées avec les amandes, les œufs enveloppés dans l'écorce, le tabac vert frotté sur la peau ; on dirait qu'écoutant quelque chose que les autres n'entendent pas, il s'occupe les mains.

À partir de vingt-trois heures, la nuit remue. La dernière bougie s'est éteinte, l'orage éclate, des coups de feu retentissent au loin. On s'inquiète mais Aurelio poursuit, solennel. Perché sur son haut tabouret, dans la fumée du copal, il a l'air d'une pythie. Il pose encore quelques questions sur Peter, se concentre en fermant l'œil, les mains sur le crâne. Il dit qu'il peine à distinguer leur fils, car il se trouve parmi un groupe, dans une grande ville étrange. Et puis il dit qu'il va bien, mais qu'on cherche à l'atteindre pour l'envoyer à la guerre. Les propos sont confus, et l'orage, la pluie battante, la traduction hésitante du fils Demetrio, tout cela n'aide pas à y voir clair. Mais il est question de Peter qui ne se trouve pas à Boston comme le croyaient ses parents, mais à New York, et qui, répète Aurelio, va être appelé à la guerre – il est question d'Allemagne. À la fin de la veillée, Aurelio, fixant gravement Gordon de son œil d'encre, l'avertit qu'un membre de sa famille doit tomber gravement malade dans les mois à venir.

À l'aube, les Wasson sont déjà repartis, trimbalant sur les mêmes rosses qu'à l'aller leurs sentiments mêlés : la fierté des découvreurs, peut-être, leur fascination ravivée pour le champignon – leur hâte de le glisser sous la lunette de la science, de lui donner un nom savant, en latin ou en grec, de l'épingler au grand tableau des espèces – et leur douce condescendance occidentale quant au petit théâtre exécuté la veille par le chamane Aurelio, quant aux mots qu'il a proférés lors de son intromission médiumnique dans les affaires de la famille. La prophétie pourrait les inquiéter, mais ils n'y croient pas.

De tous ces sentiments chez les Wasson on est à peu près sûr, on ignore simplement quelle en est la part précise chez chacun d'entre eux – y compris chez Masha, qui n'a que seize ans mais comprend bien des choses. On ignore également si, parmi ces élans diffus, il y a le désir de goûter au champignon – y goûter *pour de bon*, s'offrir à son extase, sauter à pieds joints dans le trip. Gordon, que l'on sache, n'a pas grande expérience dans les états de conscience altérés. Laudanum, coca, marihuana, il n'a rien goûté, ou alors une fois peut-être, du bout des lèvres, un joint à Columbia. Il y a fort à parier que Gordon – cela vaut pour sa femme et sa fille – est absolument *clean*. Est-il tenté, malgré cela, notre rat de bibliothèque, notre irréprochable banquier aventurier, est-il tenté de plonger la tête la première dans le terrier du lapin blanc ?

De retour chez eux, Tina et Gordon apprennent que leur fils Peter était bien à New York et non à Boston le soir de la cérémonie. Un peu plus tard, ce dernier leur annonce qu'il souhaite s'engager dans l'armée régulière pour trois ans. Quelques mois après, il est envoyé en service en Allemagne. En janvier 1954, un cousin germain de Gordon meurt d'une crise cardiaque.

Là où vivent les Wasson, on dit qu'il n'y a qu'un dieu, qui en anglais tient en trois lettres, qui est un et trois à la fois. Un dieu qui plane au-dessus des têtes, peut-être dans ces nuages bas accrochés aux gratte-ciels de Manhattan, peut-être dans ces fumées de cheminées au-dessus des toits ou ce nuage d'encens qui flotte dans la cathédrale Saint-Patrick. Ce dieu, paraît-il, est partout à la fois, à chercher en toutes choses, comme un genre de gaz ou de molécule. Mais à Wall Street, où Gordon s'affaire du lundi au vendredi, vous le verrez surtout sur ces innombrables billets verts qui passent de main en main et qui servent d'idoles. Le dieu y figure au verso, non pas comme un vieil homme à la barbe blanche, mais comme un œil au milieu d'un triangle rayonnant.

Ce dieu qui est partout à la fois plane aussi, bien sûr, au-dessus de Huautla, mais il s'y sent moins seul. Lui qui dans le bercement des *hosannah* s'endort, il sait qu'il peut compter sur les dieux mazatèques pour veiller au grain. Perché sur un sommet ou sur un cumulonimbus, il y a Naï Chaón, seigneur des orages, que ceux d'en bas se représentent comme saint Michel, en soldat ailé dont l'épée fait jaillir les éclairs. L'eau qui tombe du ciel et fait pousser maïs, café et champignons, certains disent qu'ils la doivent à Chaón Majé, mère de la pluie, qu'ils remercient en priant la Vierge de Guadalupe, car elles ne sont, disent-ils, qu'une seule et même femme. Toute cette pluie ruisselle ensuite sur le dos du Chikon Tokoxo, qui est le seigneur des montagnes et la montagne elle-même, mais qu'on croise aussi sur les chemins sous les traits d'un beau cavalier à la cape rouge qu'on appelle saint Martin. Il y a tous ceux-là dans les hauteurs de Huautla, et d'autres encore, comme Shu Majé, femme du grand tonnerre, qui fait couler les ruisseaux souterrains, de sorte que, dans la sierra mazatèque, on ne manque ni d'eau ni de dieux.

Il faut retourner à Huautla. Pour Gordon Wasson, ça ne fait aucun doute. Afin d'assister à une nouvelle cérémonie, récolter les champignons en abondance, les goûter, plusieurs fois, avec méthode, varier les doses, très minutieusement en décrire les effets. Il faut conserver des spécimens, les envoyer aux États-Unis ou en Europe pour les faire examiner. De son deuxième voyage, Wasson entend rapporter des traces, beaucoup de traces, alors il prend pour compagnon de voyage un ami photographe, Allan Richardson.

Ils partent tous les deux, vers la fin juin 1955, quand sur Manhattan le rectangle de Central Park a déjà reverdi et qu'à Huautla des trombes d'eau commencent à tomber du ciel. Ils revivent le périple de trois jours vers les montagnes mazatèques, l'avion au-dessus du golfe du Mexique, la voiture à travers la grande vallée de cactus, le train, l'omnibus, puis le mulet qui casse les reins. Arrivés à La Cumbre, les deux hommes et leur guide se retrouvent au-dessus de la mer de nuages ; en redescendant vers Huautla, ils ont l'impression troublante de passer de l'autre côté d'un voile, de décoller l'opercule hermétique qui garderait le village intact.

À Huautla, tout est à recommencer. L'ethnologue Don Roberto n'a pas pu les accompagner, Aurelio le chamane est souffrant, et ses autres contacts sont introuvables. Alors, Wasson va frapper à la porte de la mairie, on ne sait jamais. Apparaît dans l'encadrure le maire en personne, un certain Cayetano García, un jeune Mazatèque aux cheveux gominés qui parle bien l'espagnol. Il ne le connaît pas, mais il a l'air ravi de tomber sur un visage étranger. Il sourit, et le soleil du matin vient taper droit sur sa dent en or. Wasson s'adresse à lui d'une voix basse, son ton est grave, il sait bien que sa requête est délicate, mais il a peu de temps devant lui. Après s'être présenté – *señor Gordon Wasson, de Nueva York* –, après avoir jeté un regard oblique par-dessus son épaule, vérifié que, sous les avocatiers de la place, personne ne tend l'oreille, il dit à Cayetano quelque chose comme : Voudriez-vous bien, *señor* García, m'aider à connaître les secrets du *Ndi-xi-tjo* ?

Wasson a prononcé le mot sans accent étranger, comme un vrai Mazatèque, en marquant la pause glottique et les différences tonales de chaque syllabe. Il s'est entraîné pendant des heures. À ces mots – à *ce* mot, ce dernier mot –, Cayetano range son sourire, la dent en or s'éclipse, il hausse les sourcils, un frisson parcourt son échine, fait même se dresser quelques cheveux malgré la gomina, et le frisson se prolonge dans les feuillages des grands avocatiers alentour qui bruissent de surprise. Depuis le fond de leurs guérites occultes dans la montagne, les dieux mazatèques ont un léger sursaut qui les fait sortir précipitamment de leur demi-sommeil et se pencher sur ce qui se passe en contrebas, sur la place centrale de Huautla, à l'entrée de la mairie.

Ndi-xi-tjo. Le mot est tombé. Wasson ne l'utilise pas à la légère, il sait sa charge magique. Il a conscience de secouer un secret de plusieurs siècles, de produire une petite explosion de mana. Il sait bien qu'il a dit un gros mot. Mais il veut montrer qu'il n'est pas ici par hasard, qu'il a déjà approché le champignon. Qu'il connaît son nom intime, interdit. Qu'il n'a pas peur d'être initié.

Il a de la chance. Cayetano, une fois remis de sa surprise, n'y est pas hostile. Il dit à Wasson qu'il l'aidera dans sa quête. Il lui donne rendez-vous à la sortie du village quelques heures plus tard, au début de l'après-midi, quand dans la chaleur humide tout le monde s'assoupit. Mieux vaut faire cela pendant que le village a les yeux fermés.

Alors, vers quatorze heures, quand rien ne bouge, Gordon et Allan rejoignent Cayetano près de chez lui et le suivent sur un chemin escarpé qui descend vers la rivière.

Assise sur le pas de sa porte, à l'autre bout du village, sur la hauteur, une femme les observe, une cigarette entre les lèvres. Elle voit les trois têtes chapeautées dodeliner doucement pendant qu'ils s'enfoncent dans la vallée. De temps en temps, le soleil à la verticale se réverbère sur le flash de l'appareil photo d'Allan, grosse ampoule dans sa parabole en inox, comme l'iris d'un œil géant. L'objet intrigue la femme. Elle ne sait pas à quoi ça sert, ce bulbe en métal que le soleil fait briller, jamais rien vu de tel. En revanche, elle croit savoir où vont les trois hommes.

En contrebas, derrière le petit champ de canne à sucre, sur un versant ombragé, les champignons sont là, serrés les uns contre les autres, leurs chapeaux brillent aussi un peu, encore humides et frais. Sous le regard satisfait de Cayetano et celui plus intrigué des poules et des dindons dérangés dans leur sieste, Wasson se met à genoux, les renifle et les scrute, la tête au ras du sol, puis les cueille par dizaines, au rythme des déclics de l'appareil photo d'Allan. La récolte atterrit dans une grande boîte en carton que Wasson prend soin de fermer une fois qu'il a terminé, car on ne doit pas laisser les champignons à la vue des passants. Les trois hommes remontent lentement, transportant à travers la pâte épaisse de cet après-midi humide leur cargaison de champignons deux fois capturés, une fois dans la boîte en carton, une autre dans le boîtier du Kodak. Sur le chemin, Cayetano veille à ce qu'ils ne croisent aucun animal crevé, sans quoi les champignons perdraient aussitôt leur vertu.

La femme les a suivis du regard jusqu'à leur retour au village, a écrasé sa cigarette, est entrée se mettre à l'ombre. Elle a murmuré quelques mots indistincts à sa fille assoupie sur une natte, puis s'est tournée vers l'image pieuse accrochée au-dessus de son autel et a fixé quelques secondes la Vierge, l'enfant, et les boucles blondes des chérubins voltigeant tout autour.

Dans leur dos les derniers rayons. La sierra a l'air de s'embraser, elle vire au rouge. Leurs ombres les précèdent, immenses, ondoyant mollement sur ce sentier qui grimpe en lacets sur le flanc de la colline à l'est du village. Gordon sue encore à grosses gouttes. Allan n'a pas lâché son appareil photo de la journée. Cayetano leur a dit qu'ils trouveraient là-haut celle qu'il leur faut. Une guérisseuse et chamane de premier ordre, a-t-il précisé. La meilleure de la région. Une femme aux pouvoirs immenses. C'est une amie, je suis allé la voir tout à l'heure, elle a bien voulu vous rencontrer. Ne tardez pas. Elle ne parle pas espagnol, mais mon frère Emilio ira avec vous et traduira. Ne lui proposez pas d'argent en échange, vous risqueriez de la fâcher.

Il a ajouté que son prénom est María Sabina, mais qu'à Huautla, les vieux l'appellent... –, il s'interrompt, prononce à voix basse un mot mazatèque, cherche dans sa tête la traduction en espagnol –, ils l'appellent la *Señora sin mancha*, la dame sans tache, l'immaculée.

Un chien, d'abord, les annonce. Les voilà au sommet de la colline, devant une poignée de petites maisons en bois aux toits de chaume. Un gamin, les voyant arriver, les examine gravement et détale aussitôt, suivi par le chien maintenant silencieux, jusqu'aux pieds d'une jeune femme à l'entrée d'une maison. La femme prend le gamin dans ses bras, incline légèrement la tête vers Emilio et les deux visages inconnus, franchit la porte, prononce quelques mots dans la pénombre de la pièce, en ressort, leur fait signe d'approcher.

Lorsque María Sabina apparaît à son tour, elle reste là quelques instants, sur le seuil, ni dehors ni dedans, en flottaison dans l'encadrure de sa porte. Nimbée par la fumée de sa cigarette où vient se prendre la lumière rougeoyante du soir, elle a l'air de sortir d'on ne sait quel inframonde, c'est surnaturel à souhait. Comme pour s'excuser de cette outrance de mise en scène tout à fait involontaire, elle adresse aux trois hommes un sourire vague, hoche un peu la tête en guise de salutation, en guise de réponse aux mots que vient de prononcer Wasson et qu'elle ne comprend pas.

Elle se tourne vers Emilio qui traduit : les *güeros* te saluent, te remercient de les recevoir. Ils viennent pour connaître le champignon sacré, connaître ses secrets *depuis l'intérieur*, ils disent.

Pendant qu'elle répond à Emilio, Wasson l'observe. La voilà donc, María Sabina, cette quasi-sainte de Huautla. Elle n'est pas bien grande, mais tout de même, sur ce perron qui lui fait comme un piédestal de statue, elle les surplombe un peu. Elle se tient droite. Dans la lumière du soir qui accuse rides et reliefs, elle donne à voir tous les âges à la fois. Wasson a cela sous les yeux, ces âges de la vie simultanément imprimés sur un seul et même petit corps. Il voit, tout ensemble, le front parcheminé et les mains de jeune fille, les cheveux, blancs pour la plupart, et la taille fine, la peau ferme à la naissance du cou, la toile éclatante de son *huipil*, brodé de fleurs multicolores – ce *huipil* que, justement, les femmes mazatèques portent toute leur vie, de leurs quinze ans jusqu'à leur mort. Il ne sait pas dire, au premier regard, combien d'années ou de siècles ont traversé cette femme. Ses mains baguées d'argent accompagnent ses paroles dans un ballet tranquille, miment un geste de récolte, pointent un lieu lointain, puis retombent le long du corps. Elle s'arrête de parler, se tourne vers Wasson et lui sourit gravement.

Alors Wasson comprend : ce n'est pas aux mains ni à la voix de María Sabina que se perçoit son pouvoir. Les mains répètent d'humbles gestes de paysanne, la voix est fluette. Non : le pouvoir est dans les yeux. Dans les deux yeux noirs qui, avec une infinie douceur mais sans ciller, sans relâche, le scrutent. Des yeux qui ont vu plus loin, se dit-il. Des yeux qui se sont ouverts sur des rivages insoupçonnés. Du bout de ces yeux-là, elle soutient le regard de Wasson un instant de plus, comme pour vérifier une dernière fois ce qu'elle y a vu. Puis elle passe à Allan, s'attarde sur l'appareil photo, sur cette unique pupille de l'objectif, qu'elle découvre sans émerveillement, plutôt avec inquiétude, et, se tournant enfin vers Emilio, prononce encore quelques mots.

Les deux Américains se concentrent sur ses lèvres pour tenter de comprendre ces syllabes nasales et heurtées qu'elle articule et qui les dépaysent absolument, pour guetter les mots en espagnol que les Mazatèques intercalent parfois dans leur langue, mais non, rien à faire, la phrase de María Sabina reste pour eux indéchiffrable. D'autant plus qu'elle a gardé immobiles, cette fois, les mains qui pourraient les aider à saisir un sens. Le mazatèque, avec toutes ces modulations de tons, leur fait penser à du thaï ou du mandarin. Pendant quelques secondes, ils se croient arrivés en Extrême-Orient, mais les mots qu'Emilio leur adresse soudain en espagnol se chargent de les ramener sur-le-champ au Mexique. Il dit que María Sabina aimerait savoir quelle est la question qui les inquiète et qu'ils souhaitent poser aux champignons.

Wasson, à nouveau, évoque son fils Peter, dont il a toujours peu de nouvelles, maintenant qu'il est entré dans l'armée. María Sabina écoute patiemment ce que lui traduit Emilio, laisse planer un long silence, prend le temps de peser chaque mot qu'elle entend, de scruter les deux bonshommes de son œil de sphinx, et leur dit enfin qu'elle accepte. Elle leur montrera son savoir, leur fera connaître le champignon sacré de l'intérieur pour répondre à leur question. Mais elle n'attendra pas le lendemain. On fera cela le soir même. Elle dit qu'il faut prendre les « petites choses » tant qu'il en pousse, car on ne sait jamais si elles réapparaîtront ensuite. Ils veilleront donc à repasser une heure plus tard, lorsque la nuit sera tombée, sans avoir mangé ni bu d'alcool.

Ils passent chez Cayetano l'heure qui les sépare encore de la nuit noire. Le maire les fait asseoir devant deux bols de café fumant et, de son côté de la table, se verse à intervalles réguliers de petits verres d'un alcool transparent, qui semble être la substance même de la parole tant il est intarissable à mesure qu'il boit, tant il a l'air de se gorger de mots. De l'étage supérieur émergent parfois les têtes de deux gamins qui examinent les visiteurs et se cachent en riant.

Imperturbable, Cayetano scrute le fond de son verre et leur parle à voix basse de Huautla, de sa ville qui n'est plus un paradis, de la sierra qui rend fou, de la pluie qui rend fou, des jeteurs de sorts, des duels au couteau, des coups de feu qui ponctuent la nuit. Et puis, soudain échauffé par les petites gorgées d'*aguardiente*, il hausse le ton : c'est qu'ici les hommes se font justice eux-mêmes, ici on vit hors de toute loi, messieurs, comme dans un âge reculé – mais entendant sa propre voix qui vitupère, il se souvient que le petit dernier dort déjà dans son couffin, dans un coin de la pièce, et se remet à chuchoter –, ici ce n'est pas Nueva York, n'est-ce pas, *señor* Wasson, dit-il avec un sourire triste. Nueva York avec ses avenues bien éclairées, ses foules civilisées. Ici, on vit un siècle obscur.

Il reste un moment silencieux, comme noyé dans son verre, puis relevant la tête il ajoute : au moins nous avons les champignons. Ils nous aident, moi et le village tout entier. María Sabina les consulte et démêle les conflits, sépare les coupables des innocents, prévient les crimes. Elle est ma conseillère nocturne, mon adjointe aux visions – *mi consejera visionaria* –, et il sourit à nouveau, assez pour découvrir la dent en or. Mais aussitôt le sourire disparaît, remplacé par un air grave qui lui tombe dessus : comme s'il venait de blasphémer, il s'empresse d'ajouter qu'elle est bien plus que cela, bien plus que la conseillère d'un petit maire de la sierra mazatèque. On l'appelle la *Señora sin mancha*, mais aussi la femme tourbillon, la nageuse majeure, celle qui nage dans le sacré. Cayetano égrène les noms de María Sabina comme des épithètes homériques, Sabina qui regarde au-dedans, celle qui siffle et qui tonne, Sabina la bien-disante. Des noms, précise-t-il, qu'elle se donne à elle-même lorsque les champignons la saisissent, des titres honorifiques pour se présenter à eux avant de leur parler. Ou plutôt avant qu'ils ne parlent à travers elle.

On dit qu'elle les a goûtés pour la première fois avant ses dix ans, qu'elle a entendu la voix de Dieu. On dit qu'elle peut lui parler, à Dieu, et aussi aux saints, et à Marie, et même à feu le président de la République Benito Juárez. On dit qu'elle soigne par le Langage, le Haut Langage des champignons. D'ailleurs, elle ne les appelle jamais ainsi, *champignons*. Parce qu'ils sont plus que cela, bien sûr. Elle préfère dire les enfants saints, *sus niños santos*, ou bien *las cositas*, les petites choses.

Là-dessus, Cayetano se tait, les yeux dans le vague, vide son dernier verre, rebouche la bouteille à palabres, se tourne vers la fenêtre, constate la tombée de la nuit, leur dit : mais justement, messieurs, c'est l'heure. L'heure des petites choses.

Plus haut dans le village, debout au milieu de la pièce, dans la lumière ouatée des bougies, María Sabina tresse les cheveux de sa fille Apolonia assise devant elle. Ses doigts vont vite, ils sont comme des aiguilles à tricoter. Les bagues cliquettent les unes contre les autres, font un discret rythme métallique sur la mélodie qu'Apolonia chantonne à voix basse, tandis que sa tête bascule parfois légèrement en arrière, lorsque sa mère tire un peu fort sur ses cheveux noirs. Pendant que les dix doigts entre-tissent les brins, s'occupent à cette acrobatie répétée chaque jour, devenus presque indépendants du reste du corps, le visage de María Sabina reste froncé, le regard sombre. Et quand elle a noué chacune des tresses avec un ruban, elle dit à sa fille qu'elle a vu juste, quelques nuits plus tôt, lorsqu'elle a rêvé d'hommes blancs. Elle dit que le rêve les a annoncés, mais qu'elle ignore ce que ces deux hommes annoncent à leur tour. S'adressant à la nuit maintenant tombée, elle dit : mais qu'ils viennent, et nous saurons.

Et la nuit répond par trois coups sur la porte.

Ça y est, Gordon Wasson et Allan Richardson sont entrés dans le Saint des saints. Qui en temps normal n'est autre que la pièce principale de la petite maison de María Sabina. Un temple rustique : au sol de la terre battue, aux murs un crucifix et des images pieuses – l'enfant Jésus, le baptême dans le Jourdain, saint Pierre et ses grosses clés –, sur un meuble une statue de la Vierge en bois verni. La scène est éclairée ici et là par quelques bougies qui projettent sur les murs des ombres immenses et vacillantes. Six ombres, trop grandes pour la pièce, qui s'entrecroisent, se superposent. Wasson et Richardson sont assis tout au fond, sur des chaises côte à côte. Devant eux, à droite, Emilio, assis sur une natte. À leur gauche, María Sabina et ses filles, Aurora et Apolonia, à genoux devant une table basse, leur tournent le dos, arrangent quelques objets que Wasson reconnaît : le bouquet de glaïeuls, le tas de tabac, le bol de copal, la boîte aux champignons. Comme souvent, María Sabina fume. Distraitement, en laissant la cigarette se consumer au bout de ses lèvres, former une petite chenille de cendre qui finit par tomber.

Wasson fume, lui aussi. Il est nerveux. Il attend ce moment depuis si longtemps. Il remue sur sa chaise, griffonne des notes, dessine le plan de la pièce et la disposition des convives, mais son crayon tremblote un peu. Il est impatient. Il a peur, sans doute, de ce qui l'attend. Car, cette fois, il ne restera pas sur le seuil, il va franchir la grande porte. Cette fois, il ne regardera pas depuis la surface Alice tomber dans le terrier, il va l'accompagner. Pour une nuit entière. Avant qu'ils n'entrent chez Sabina, Cayetano leur a fait comprendre que personne ne pourrait sortir avant l'aurore. Personne ne devrait entrer, non plus, au cours de la nuit. La cérémonie se ferait à huis clos, en secret. Allan a tout de même pris quelques photos – chaque fois qu'il se déclenche, le flash, pendant un dixième de seconde, plaque sur les murs des ombres plus surnaturelles encore. María Sabina, par l'intermédiaire d'Emilio, a demandé au photographe d'arrêter les déclics dès qu'elle serait, comme elle le dit, *saisie par la force*.

Et puis, enfin, cela commence. On leur sert du chocolat à boire, et Sabina sort un à un les champignons de la boîte, les frotte un peu pour faire tomber la terre, les passe au-dessus de la fumée du copal, et répartit les doses, par paires. Dans trois bols, pour elle et ses filles, elle met treize paires. Les autres en auront six chacun. Quand les bols sont distribués, Sabina porte les premiers champignons à sa bouche, les mange tout entiers, chapeaux et stipes, et les mastique avec le plus grand sérieux. Apolonia, Aurora et Emilio font de même. Les deux Américains hésitent encore. Allan regarde son bol, contrarié : sa femme Mary lui a fait jurer qu'il ne mangerait pas un gramme de ces satanés champignons, alors il murmure quelque chose au fond de son bol – *Oh God, what will Mary say ?* –, regarde son ami Gordon qui déjà mord dans sa première paire, et se lance lui aussi. Tant pis pour Mary, il lui expliquera. Ils grimacent tous les deux, le champignon est affreusement amer, avec un arrière-goût de graisse rance, infâme. On les avait prévenus. Encore cinq dans le bol. Dans la pièce, on n'entend plus que les bouches qui mâchent. De temps en temps, un oiseau de nuit dehors.

C'est drôle, Wasson a beau avoir lu tous les livres sur les rites les plus éloignés de son propre univers, il a beau avoir parcouru le monde dans son extrême étrangeté, il ne peut s'empêcher d'observer ce qu'il a sous les yeux à travers un filtre familier. Or, la scène qu'il a sous les yeux, pour lui, est une eucharistie. Le champignon, tout à coup, lui apparaît comme une hostie. D'ailleurs, il a un crucifix en face de lui. Il se souvient aussi qu'en náhuatl, la langue aztèque, le champignon hallucinogène s'appelle *teonanácatl*, « chair des dieux ». Il s'agirait donc de manger un peu du corps divin. Wasson l'ethnocentré n'est peut-être pas si à côté de la plaque. À cet instant, il pense à son père, feu le révérend Wasson, se rappelle ses gestes d'officiant, en retrouve la solennité dans ceux de María Sabina. Ou bien il se demande quelle sorte de corps peuvent bien avoir les dieux aztèques ou mazatèques pour avoir un goût si infect.

Vers vingt-trois heures, quand les communiants ont avalé tous leurs champignons, María Sabina prend un glaïeul dans le vase et, d'un geste cruel et délicat, éteint la dernière bougie du bout de la fleur. Les pétales crépitent, étirent une mince colonne de fumée, on croit entendre la fleur crier. La pièce n'est plus éclairée que par un rayon de lune gibbeuse qui tombe à l'oblique sur la table devenue autel. Dans la pénombre, il n'y a plus de bouches qui mastiquent, juste six souffles. Six souffles qui montent et descendent, d'abord synchrones, puis perdent le rythme d'ensemble, se singularisent : ici une respiration courte, saccadée, là un souffle de dormeur profond, à pleins poumons, là encore un souffle imperceptible, presque une apnée. On ne les entend pas, mais les six cœurs aussi se désynchronisent. Certains ralentissent, d'autres s'emballent, se calment à nouveau.

María Sabina perce le silence, à voix basse, elle gémit doucement, puis plus fort. Des sons se forment, s'articulent, des consonnes apparaissent, les syllabes se posent sur des notes, le chant émerge. Comme des créatures sorties de la glaise, les mots surviennent dans ce magma de sons, des mots mazatèques, mais parfois aussi quelques noms en espagnol, *santo, san Pablo, san Pedro, Cristo.* Peu à peu, les mots s'assemblent ; les phrases s'allongent et se répètent, dessinent des boucles, le chant devient une ritournelle. À la voix de María Sabina s'ajoute par moments celle de ses filles. Les convives s'installent dans les boucles du chant. Imperceptiblement, ils s'affaissent, s'approchent du sol et se couvrent de lainages, car les premières vagues arrivent. Allongé sur sa natte, Allan tourne la tête vers Gordon qui frissonne, et lui chuchote quelques mots à l'oreille – Gordon, je commence à voir des choses –, et ferme les yeux.

Alors, Gordon Wasson, ethnomycologue de renom, auteur de plusieurs travaux remarqués, invité d'honneur du Century Club de New York, membre du Club des anciens de Columbia, vice-président aux relations publiques de J.P. Morgan & Company, Gordon Wasson, d'un coup, n'est plus rien de tout cela. Il perd soudain toutes ses casquettes mondaines. L'érudit, le banquier, l'orateur, le gentleman explorateur, tous ses visages tombent.

Il bascule en arrière dans le vide. Pendant quelques instants, il n'est plus qu'un pauvre petit corps jeté dans le cosmos. Ou plutôt le chaos. Un espace noir, confus, illimité. Les voix de María Sabina et de ses filles sont à des kilomètres maintenant. Il est seul. La nausée le prend, il se lève pour vomir dans la pièce adjacente, suivi de près par Allan. Après vingt minutes passées à se vider d'une espèce de mélasse noire, son estomac se calme enfin. Il se rallonge, garde près de lui son carnet et son crayon, cherche à retenir les effets, à rester lucide pour pouvoir écrire, mais les champignons l'emportent à nouveau.

Pour Wasson, le grand espace noir est devenu forêt de symboles. Des images apparaissent. Des formes angulaires d'abord, des triangles surtout, une pluie de tessons, d'éclats de miroirs. Et puis, les triangles s'organisent en surfaces mouvantes, colorées, en motifs de tapis orientaux, de kaléidoscopes en rotation. Les surfaces se redistribuent en volumes, gagnent en profondeur ; les angles s'amollissent, les lignes se courbent, ce n'est plus un kaléidoscope mais une cathédrale somptueuse, où Wasson se perd dans des draperies d'or, une avalanche de draperies d'or et de gemmes et de marbres boursouflés, il n'y a plus un espace de vide, tout se remplit sans cesse devant lui d'or et d'argent, d'onyx, d'ébène. Tout juste Wasson parvient-il à glisser une main entre les drapés mordorés pour attraper son crayon et noter sur son carnet le mot *baroque.*

Des plafonds, des colonnes, des arcades se forment, la cascade baroque s'est architecturée dans un style asiatique, quelque chose de méconnaissable, du jamais-vu, un mélange de pagode chinoise et de Taj Mahal rococo. Wasson nage en plein kitsch. Il voudrait figer la vision, prendre quelques minutes pour dessiner ces clochers à bulbe, ces portes en ogive, mais les formes changent à chaque seconde, s'entrecroisent et se subdivisent, s'autogénèrent. Il rouvre les yeux, mais les visions persistent. Pendant un moment, il se dit qu'il a devant lui les architectures fantastiques décrites dans l'Apocalypse de Jean. Il croit être saint Jean lui-même à qui seraient révélées les images d'un royaume céleste. Il se rappelle les mots d'Aurelio deux ans plus tôt : à Huautla, les champignons t'emportent *donde está Dios*, là où se tient Dieu.

Du fond de son trip, il fait un nouveau geste du bras et touche la paroi froide près de laquelle il s'est allongé. En une seconde, il retrouve les murs, la terre battue, la nuit austère de Huautla. Envolé, le baroque. Retrouver si vite la gravité lui soulève à nouveau l'estomac. Il s'assoit, se concentre sur sa respiration et fixe quelque chose devant lui, le bouquet de glaïeuls par exemple. Il inspire et souffle calmement, reprend le contrôle de ses perceptions, le voilà redevenu maître de son monde. La nausée retombe. Mais il sent aussitôt le sol se dérober une nouvelle fois, les espiègles champignons tirer sur le tapis cosmique où il est assis. Il glisse encore. Le bouquet qu'il observe gonfle imperceptiblement, se gondole et devient char impérial. Le baroque repousse comme du chiendent sur tout ce qu'il voit, le char croule sous les ors, il est tracté par des créatures mythologiques indescriptibles, des chimères de chimères. Encore une fois les quatre murs s'écartent, et derrière le bouquet devenu char, c'est tout un convoi de dorures, colonnes torses, baldaquins, chaires de cathédrales qui revient à la charge. Tout cela est absolument neuf, clinquant, sans patine, comme tout droit sorti d'une manufacture céleste.

Allan aussi est en pleine quincaillerie. Mais son univers à lui est plus cristallin, sorte de palais de verre ou de glace, aux formes fractales, comme celles des flocons de neige, *a frozen land*, comme il le dit à Wasson. Car les deux hommes arrivent à se parler au cours de l'expérience, à échanger sur ce qu'ils voient, comme deux astronautes commentant dans le micro de leur scaphandre les territoires d'une planète lointaine qu'ils explorent pour la première fois. D'ailleurs, ce qu'Allan a maintenant sous les yeux dans son palais de cristal ressemble à l'océan de la planète Solaris, une masse mouvante et imprévisible, qui érupte en spirales, expulse des concrétions arborescentes et tressaille comme le dos d'un fauve.

Pour Gordon, le champ s'est élargi. Son convoi impérial s'est installé dans un vaste désert. Il aperçoit des montagnes au fond. À gauche, l'estuaire d'un fleuve immense, une eau transparente hérissée de roseaux. Cette fois, il n'est plus figé, il avance. Il parvient à se déplacer jusqu'aux détails qui l'intéressent, il peut zoomer, tourner sur lui-même, franchir des seuils, décoller du sol et redescendre. Il s'approche d'une cabane rudimentaire à côté de laquelle une femme se tient debout, immobile, le regard fixé au loin comme une statue antique. Elle ne le remarque pas. C'est un univers auquel il n'appartient pas, un paysage dont il voit tout, mais où nul ne le voit, ni la statue ni les chameaux qui viennent d'apparaître entre les dunes. Il est un œil qui navigue sans corps, un œil qui vole – se souvient-il, à ce moment précis, du masque-albatros qu'il a vu cinquante ans plus tôt au Metropolitan Museum ?

De loin en loin lui parviennent les échos du chant des trois femmes, plus rythmé désormais, plus percussif. Il ne saurait dire s'il vient des montagnes ou bien de cette cabane si proche et déjà sur le point d'être avalée par les sables. Les voix gagnent en intensité, leur scansion rend les visions de Wasson plus agitées, les dunes de sable roulent comme une mer houleuse. Il rouvre les yeux pour tenter de voir les chanteuses, mais rien ne change, dans la pièce c'est le noir complet et les visions persistent devant lui. Il entend María Sabina taper dans ses mains, frapper sa poitrine. Elle tourne sur elle-même, en transe, se déplace furtivement dans la pièce, les claquements viennent alors de tous côtés, imprévisibles ; elle est « *hic et ubique* », pense Wasson, *ici et partout à la fois*, comme le fantôme d'Hamlet. Ce battement résonne de toutes parts comme le pouls de la nuit elle-même. Peu à peu, le chant s'apaise, mère et filles se rassoient côte à côte, échangent quelques mots à voix basse en se tenant la main, jettent peut-être un œil discret à leurs convives.

Wasson s'est levé. Il s'appuie contre le mur, le regard braqué sur un coin du plafond. Il flotte en pleine vapeur, dans une mer de nuages, tourné vers la vive lumière qu'il aperçoit au loin. Écartant un à un les nuages de ses mains comme on écarte des rideaux, il s'approche de la lueur, va bientôt la toucher du bout des doigts, mais les nuages sont des vapeurs de locomotives qui baignent le quai d'une gare, et qui, une fois dissipés, font apparaître un grand œil où un yin rouge et un yang noir tournoient lentement, comme le logo du Northern Pacific Railway qu'il a vu enfant à la gare de Minneapolis. Devant ce grand œil bicolore surgi des nuées, Wasson le vice-président n'a plus que quatre ou cinq ans, il n'est plus qu'un tout petit gamin fatigué qui cherche ses parents dans une gare immense baignée de vapeur.

Le logo disparaît, mais la lueur revient, attirante, insaisissable. Papillon de nuit dans le halo d'un phare, Wasson sent que les derniers voiles qui le séparent de l'Ineffable vont s'entrouvrir, il est sur le point de rencontrer l'Ultime, mais il perd l'équilibre, ses genoux fléchissent, déjà il bascule en arrière dans un bruit sourd, les fesses contre la terre battue.

Le paysage d'Allan s'est apaisé. Des dunes de glace avancent toujours vers lui comme des vagues vers la côte. Ou bien ce sont des rideaux de velours blanc. En tout cas, cela le berce. Il a cru entendre quelqu'un tomber au loin. Il demande à Gordon s'il va bien, mais Gordon ne répond pas. Inquiet, il s'efforce de quitter son désert de velours, de refaire surface, y parvient lentement. Il retrouve la chaise, l'air humide, les odeurs d'humus et de bois brûlé de la maison de María Sabina. Il se redresse et se tourne vers son ami, camarade astronaute revenu de sa mission d'exploration de Solaris, et s'aperçoit qu'il est allongé par terre, endormi. Allan croit avoir vécu à peine trente minutes de trip, mais constate à sa montre qu'en réalité quatre heures et demie ont passé. Alors, il se rallonge et finit par s'endormir lui aussi, *hic et ubique*.

On ne dira pas quelles cascades baroques s'agitent derrière les pupilles dilatées de Gordon Wasson lors de sa deuxième nuit de champignons à Huautla. On ignore vers quel rivage lointain, vers quel temple oriental il voyage depuis la petite pièce humide de María Sabina. De cette petite pièce on sait tout de même que, cette nuit-là, elle est bondée. Autour du souffle entrecoupé de Wasson il y a dix ou douze autres souffles, douze autres cœurs aux battements imprécis, douze colonnes de sang chaud qui tressaillent. Des neveux de María Sabina, des voisins, des malades venus de loin, sans doute.

On sait aussi que face à Wasson qui plane, face à María Sabina qui officie et qui plane, face à ces douze convives transis, *clic*, dans les minuscules ampoules-flashes les filaments d'aluminium s'embrasent les uns après les autres, illuminant la scène à l'excès, comme en plein soleil, puis s'éteignent aussitôt, *clic*, les uns après les autres en un millième de seconde, à l'instant précis où Allan, qui n'a pas pris de champignons cette nuit-là pour rester concentré, appuie sur le déclencheur du bout de son index, à l'instant précis où il feint d'oublier le souhait de l'officiante, cet instant où l'obturateur entrouvre son petit rideau pour laisser entrer, *clic*, tout ou partie de cette excessive lumière, pour lui faire traverser la boîte et frapper de plein fouet, *clic*, les halogénures d'argent couchés sur la pellicule, *clic*, pour imprimer à jamais les images de la nuit sur le Kodachrome couleur 35 mm.

Où êtes-vous, pendant ce temps-là, Valentina Pavlovna Wasson ? Tina, la coéquipière, vous qui plus tard dans les livres serez toujours un peu cachée derrière votre mari, si ce n'est carrément omise. Vous qui des deux êtes pourtant la seule à avoir étudié la médecine, vous qui êtes la véritable scientifique. Vous qui avez écrit la plus grande partie de votre ouvrage à quatre mains, qui s'appellera bientôt *Mushrooms, Russia & History*. Vous à qui Gordon doit tout, vous la première mycophile. Vous qui la première n'avez pas eu froid aux yeux devant les amanites et les bolets Satan. Et pourtant c'est lui qui, le premier, sans vous attendre, vient de goûter ce nouveau spécimen. Que faites-vous, Tina, à ce moment précis où votre découvreur de mari, celui qu'on appellera bientôt le Christophe Colomb des champignons hallucinogènes, pose le pied, pour la deuxième fois déjà, sur la *terra incognita* des visions offertes par le champignon mazatèque ? Vous n'arrivez que quelques jours après Gordon. Trois ou quatre jours de décalage, et vous voilà condamnée à le talonner sur ces terres nouvelles, à poser votre pied là où il a déjà marché, à jouer les seconds couteaux.

C'est le travail qui vous retient. Une pédiatre de votre trempe ne délaisse pas ses patients aussi vite que Gordon oublie ses courbes de chiffre d'affaires. Ou bien c'est votre fille Masha, car elle a cours jusqu'à la fin de la semaine, or il semble convenu que c'est vous qui veillez sur elle lorsque Monsieur part à l'aventure.

Alors vous profitez de ces derniers jours de juin sans Gordon pour faire ce que vous ne faites plus beaucoup. Après vos dernières consultations, vous ne rentrez pas tout de suite à la maison, vous partez seule dans New York et marchez jusqu'au soir. À Riverside Park, vous vous asseyez sur votre banc favori. Une cigarette à la main, coiffée d'un turban à la Beauvoir, vous passez quelques minutes à regarder les enfants qui jouent devant l'Hudson, leurs ombres qui s'étirent, puis vous longez le fleuve sur le flanc ouest de Manhattan, jusqu'à vous retrouver sur les docks. Vous apercevez sur votre gauche Ellis Island, où vous avez pour la première fois accosté avec votre famille après avoir traversé l'Atlantique. Vous aviez seize ans, deux de moins que Masha. Vous pensez soudain que vous ne vous rappelez plus le nom du bateau – le *Normandie* ? Le *Léviathan* ? Vous gardez en revanche le souvenir très net du pont supérieur noir de monde à l'entrée dans la baie embrumée, puis votre légère déception devant la statue de la Liberté, que vous imaginiez cent fois plus haute, et les heures passées à Ellis, les contrôles, l'attente, le vertige enfin dans Manhattan. Vous restez là longtemps, le soleil dans les yeux, face à cette baie mémorieuse, avant de reprendre le chemin de la maison.

Une fois rentrée, vous profitez de la soirée en tête à tête avec Masha pour lui enseigner des jurons de marin russe, pour l'emmener manger des *waffles* au sirop d'érable sur Madison Avenue, ou pour plonger à deux, côte à côte sur le canapé du salon, dans les premiers chapitres d'un roman britannique qui vient de paraître – l'histoire de quatre petits bonshommes amateurs de champignons qui s'en vont loin de chez eux pour détruire un anneau magique. *The Fellowship of the Ring*, d'un certain Tolkien.

Vous arrivez à Huautla quelques jours plus tard, donc, et par les airs, cette fois. Ce matin-là, un petit coucou grondant traverse le ciel et atterrit en bringuebalant entre les nids-de-poule d'une piste improvisée, le seul endroit plat de toute la région. La porte du minuscule cockpit s'ouvre, et vous voici, Tina, suivie de Masha. Comme elle, vous êtes bottée de caoutchouc, et sautez de l'avion à pieds joints dans une flaque. L'éclaboussure vous fait rire, vous dégourdit. Vous étirez allègrement vos membres ankylosés dans l'air frais du matin, face à Gordon venu vous chercher. À côté de la piste, dans le ravin, la carlingue explosée d'un autre avion fige votre sourire, vous rappelant fugacement le degré d'aventure que vous vous autorisez depuis le début de cette quête mexicaine.

Jusqu'à présent le ciel était clair. Mais, juste après l'atterrissage, les nuages se sont amoncelés. Des nuages lourds, de grosses poches d'eau sombre prêtes à crever sur les arêtes de la sierra. Voyant cela, le pilote est remonté *illico* après avoir avalé son café brûlant, n'a rien dit sur l'heure de son retour, prévu le lendemain.

L'avion a décollé et a disparu derrière la montagne. La pluie s'est mise à tomber d'un coup, un rideau opaque qui vous a tous trempés de la tête aux pieds en quelques secondes. L'habituel déluge de la saison, mais celui-ci va durer plusieurs jours sans discontinuer, s'infiltrer goutte à goutte dans les maisons, transformer le village en bain de boue. Avec Masha et Gordon, vous avez couru vous abriter sous un porche, mesure toute symbolique, et puis vous êtes montés vous réfugier et boire un chocolat dans la maison d'Herlinda, l'institutrice qui vous accueille.

Deux ou trois jours plus tard, l'avion n'est toujours pas revenu. Vous ne deviez passer qu'un court séjour, vous êtes venue aider Gordon à collecter les spécimens, les empaqueter, à mettre de l'ordre dans ses notes. Mais vous voilà coincée à Huautla, dans la pièce principale de la maison d'Herlinda, emmitouflée dans votre sac de couchage, tout comme Masha et Gordon à vos côtés, serrés les uns contre les autres sous des piles de couverture, à regarder les gouttes tomber du plafond, à la lumière tremblotante d'une lampe à pétrole, pendant qu'au dehors un océan s'abat sur la terre sans relâche. Aussi surprenant que cela puisse paraître, vous n'étiez pas venue pour goûter le champignon. Mais maintenant que vous êtes là, confinée, avec à proximité des spécimens qui pourraient vous faire échapper quelques heures à l'ennui diluvien, vous faire sortir sans vous mouiller de cette affreuse pièce qui prend l'eau, pourquoi pas. Tout bien considéré, un trip ne serait pas de refus.

Sans rien dire à Herlinda, partie cuisiner dans la maison voisine – Herlinda qui voit d'un très mauvais œil le chamanisme et les champignons sacrés, les considère comme les outils d'une obscure sorcellerie qui n'a plus rien à faire dans son pays en 1955, qui accepte quand même de recevoir les Wasson parce qu'elle a foi dans la science et dans les États-Unis –, sans rien lui dire, donc, Gordon revient sur la pointe des pieds, avec neuf paires de champignons dans le fond d'un sachet qu'il vous tend, à vous et à Masha. Ça ne vous fait plus trop envie, d'un coup, ces petites choses humides, grisâtres, maculées de terre grasse, bien moins belles que les chanterelles dorées de votre enfance. Lorsque vous les portez finalement à votre bouche, c'est pire encore que ce que vous pressentiez. Ce fameux goût de graisse rance vous soulève le cœur aussitôt. Gordon face à vous compatit, vous encourage à continuer, vous tend une tasse de chocolat chaud pour faire passer la pilule. Masha aussi fait la grimace, après avoir ingurgité ses quatre paires de champignons, Masha que vous avez autorisée à se lancer dans le trip à vos côtés, mère et fille main dans la main, Masha qui, malgré ses dix-huit ans, vous fait soudain penser à Alice basculant de l'autre côté du miroir.

Vous ressentez les premiers effets, voyez les carreaux sur la chemise de Gordon briller avec intensité, les veines et les nœuds dans les planches de bois des meubles se déplacer lentement, tourbillonner comme à la surface d'une rivière brune. En bonne scientifique, vous vous faites la promesse, comme votre mari avant vous, de rester le plus lucide possible, de ne pas trop céder face aux champignons, mais prenez aussitôt la mesure du paradoxe : comment garder le contrôle lors d'une expérience hallucinogène ? Et pourtant c'est ce qui se passe, vous restez alerte face aux visions, parvenez à les refréner parfois, vous êtes à la fois dedans et dehors – du moins c'est ainsi que vous le raconterez plus tard.

Masha croit voir courir des volatiles dans la pièce, puis s'exclame en riant qu'elle-même s'est changée en poulet – *I feel like a chicken !* –, vous avez ri avec elle, mais déjà vous êtes loin, vous êtes à Lascaux face à une immense abside de pierre couverte de peintures rupestres. Ce souvenir de votre dernier voyage en France – vous étiez passés par la Dordogne pour visiter quelques grottes peintes – est magnifié, exacerbé par le psychotrope. Une pointe de déception vous traverse malgré tout, car secrètement vous espériez qu'il vous ramène à votre Russie natale, que vous n'avez pas revue depuis 1918. Pourquoi vous retrouvez-vous embarquée en pleine préhistoire, quand vous ne demandiez qu'un peu d'enfance, un peu de Volga et de vapeurs de samovars ? Au fond ce n'est pas un champignon qu'il vous faut, chère Tina, mais une madeleine.

Vous êtes sortie de la grotte. Vous avez même réussi à vous extraire tout entière de l'hallucination pour fumer une cigarette, échanger quelques mots avec Gordon qui griffonne votre récit sur son carnet, avant de vous allonger à nouveau. Vous voyez le plafond s'étirer, la surface des murs friser en volutes, façon meringue, et d'un coup l'austère maison d'Herlinda est devenue Versailles. Vous voilà dans une salle de bal, autour de vous on danse le menuet sur du Mozart. Au-dessus des têtes des lustres infinis se déploient comme des roses de Jéricho plongées dans l'eau. Au milieu d'une débauche d'ors et de cristaux multicolores, au milieu des violons et des arabesques en stuc, vous constatez à votre tour le penchant des champignons mazatèques pour l'emphase, le rococo. Pour l'exotisme aussi, puisque vous n'êtes déjà plus à Versailles, vous voguez maintenant sur un canal d'Amsterdam. *Nonsense !* pensez-vous, c'est à Moscou que vous voulez être, pas à Versailles ou aux Pays-Bas.

À la manière de ces rêveurs d'élite qui, dans les heures floues du petit matin, depuis les replis cotonneux où le sommeil se confond avec la veille, sont capables d'infléchir le scénario de leurs songes, vous vous concentrez. Vous tentez de faire remonter des images, prononcez quelques mots russes pour leur donner corps, pour faire ressurgir des voix anciennes. Depuis votre coin de terre battue, ceux qui vous entourent distinguent à peine ces sons rejaillis de l'enfance engloutie, ils voient vos lèvres bouger sans entendre votre voix, couverte par la pluie battante.

Alors, peut-être qu'enfin cela fonctionne. Votre incantation à vous. Depuis Huautla où le déluge s'abat sur le toit de la maison d'Herlinda, peut-être le champignon consent-il pour quelques minutes à vous faire retrouver les vapeurs des samovars, les clochers à bulbes, le miroitement de la Volga. Vous avez de la chance : ce que la mémoire involontaire n'accorde à d'autres qu'au prix d'un assemblage extrêmement ténu, absolument imprévisible – celui, mettons, d'un gâteau en forme de coquillage trempé dans une infusion de tilleul un jour d'hiver –, voilà qu'un mycète amer et visqueux vous l'offre sans retenue, avant de vous plonger dans un doux sommeil sur l'épaule de Masha.

Sur les terres hallucinées où mène le champignon mazatèque, Masha et vous n'êtes pas les premières à marcher. Mais, cet après-midi-là, vous êtes les premières de l'histoire, peut-être, à le consommer sans cérémonie, sans chamane ni prière, sans fumée de copal, à titre de pure expérience. Le trip sorti du rituel. Vous ne serez pas les dernières.

Près de vous, il y a le livre de *fantasy* que vous avez commencé quelques jours plus tôt, cette histoire de semi-hommes et d'anneau magique. Vous l'avez laissé ouvert au début du quatrième chapitre, intitulé « *A Short Cut to Mushrooms* ».

Vous repartez deux ou trois jours plus tard, lorsque la pluie cesse enfin.

Avant le décollage, Cayetano est passé vous transmettre un message de María Sabina. Elle vous demande de tenir votre langue. De ne pas trop raconter ce que vous avez vu ici. De taire le nom de Huautla et celui des Mazatèques, de taire son nom à elle. De ne pas pointer du doigt le village sur une carte et, surtout, de ne pas trop faire voir les photographies que l'ami de Gordon a prises quand elle était sous l'effet des petites choses. Ne les montrez pas à plus de personnes que vous n'avez de doigts sur une main, et avec cette main posée sur le cœur, jurez.

Depuis le seuil de sa maison, María Sabina aperçoit votre avion qui s'élance sur la terre gorgée d'eau, puis s'élève au-dessus des nuages en direction du nord. Dans la nuit, les petites choses lui ont montré votre ville. Des colonnes de fenêtres serrées les unes contre les autres. Une forêt de tours brillantes cernée par les eaux, au bord de l'océan. Au milieu de cette forêt de verre, une autre forêt bien réelle, remplie d'arbres et de rochers, mais à la forme étrange, aux angles droits, comme taillés au couteau. Elle a vu la nuit tomber là-bas, et la ville l'a aveuglée de toutes ses lumières. Cela s'appelle Nueva York, lui dira-t-on plus tard. Une ville de verre et de lumière où les secrets ne font pas long feu.

II

Huautla Wonderland

Notre désir de narrer est insatiable.

À la fin des années 1950, le magazine *Life* est tiré à plus de cinq millions d'exemplaires aux États-Unis. En bon *picture magazine*, il fait la part belle au photoreportage. Il inspirera *Paris Match*. Malgré ses deux cents pages de textes et photos couleur, il ne coûte que vingt *cents*. Il fait sensation. Dans le métro de Chicago, sur les bureaux de Berkeley ou Harvard, sur les plages de San Francisco, chez tous les médecins et tous les coiffeurs du pays, dans les toilettes du Pentagone, dans les avions qui remontent le temps de New York à Los Angeles, *Life* est partout. Tout le monde le lit, le dévore, le découpe, le survole, le déteste ou l'adore. Pour les malheureux qui n'ont pas encore de téléviseur à la maison, *Life* les arrose d'images et d'histoires du monde entier – charriant au passage son lot de publicités diverses et de subtils messages patriotiques ou anticommunistes. Apparaissez dans *Life* et vous voilà doté du don divin de l'ubiquité, vous voilà visible partout en un clin d'œil, connu par des millions de personnes en l'espace d'une seule journée.

Dans le numéro du 13 mai 1957, entre des réclames pour la dernière Ford décapotable – « *Setting the pace on the American road* » –, les blue-jeans Lee – « *The action-jean of champion cowboys !* » – et le déodorant Fresh – « *for difficult cases* » –, dans les vingt pages du dossier spécial, Gordon Wasson raconte tout.

Car, à l'heure où María Sabina officie dans la pénombre, Wasson, lui, au premier étage d'un immeuble néo-Renaissance, prend part à d'autres cérémonies. Il change à nouveau de visage, devient Wasson le gentleman, le mondain. Il passe ses soirées au très select Century Club, où dans le sfumato bleuté des cigares, dans le tintement des verres de whisky, les hommes de la haute – les *centurions*, comme ils aiment à se nommer – se rassemblent et parlent affaires, automobiles et, parfois, aventures mexicaines. Le soir où Wasson raconte, sirotant un whisky millésimé pour donner de l'allant à son récit, il a dans son auditoire Ed Thompson, rédacteur en chef de *Life*. Il raconte bien, Wasson, il est à son aise. Dans les velours des boys' clubs autant que dans la poussière des archives ou la boue de la sierra. À l'aise partout ce Wasson, c'en est presque agaçant. Thompson écoute, et dans son regard une petite flamme s'allume. Il entrevoit déjà l'article à sensation, la grande secousse médiatique. En un mot, le scoop. Il écoute l'histoire jusqu'au bout, demande à Wasson de venir présenter son aventure à la rédaction dans les jours qui suivent. Alors, dans les bureaux de *Life*, Wasson raconte une fois de plus, il raconte mieux encore, accentue les périls du voyage, la portée de la découverte, montre les photos de Richardson. Une autre étincelle s'allume, cette fois sous la broussaille des sourcils d'Henry Luce, le directeur, un *centurion* lui aussi. Il s'approche de Wasson et lui glisse à l'oreille les termes du contrat. 8 500 dollars pour publier son récit dans *Life*, un dossier spécial tout entier, des photos, des illustrations, un droit de regard sur la version finale. Sfumato des cigares, tintement des whiskys. Poignée de mains. *It's a deal.*

Cela s'appelle « *Seeking the magic mushroom* », et s'ouvre sur une photo pleine page de María Sabina tenant un champignon dans la fumée bleutée du copal. Puis vient un long texte où Wasson explique ses premières recherches, revient sur les rites ancestraux autour des champignons en Amérique Centrale, raconte sa découverte des pierres-champignons et ses voyages à Huautla, sa rencontre avec la chamane, ses visions sous psychotropes. Le tout agrémenté de nombreuses images : portraits des époux Wasson au travail, maisons du village, étapes de la cérémonie – María Sabina distribuant les paires, María Sabina en prière après les avoir mangées, deux enfants en transe – et plusieurs aquarelles représentant les différents spécimens hallucinogènes trouvés dans la région.

Les noms ont été changés : María Sabina s'appelle Eva Méndez, Cayetano est devenu Filemón. Le nom du village n'apparaît pas. On nous dit qu'il est situé dans le Sud du Mexique, mais les montagnes mazatèques sont devenues *mixétèques* – le mot est inventé par Gordon. En revanche, l'article évoque la publication prochaine de *Mushrooms, Russia & History*, où l'aventure mexicaine reparaîtra sans qu'aucun nom ne soit modifié.

Six jours après, le 19 mai, Tina, toujours à la suite de son mari, raconte à son tour son expérience dans *This Week*, supplément du dimanche pour une quarantaine de quotidiens à travers le pays, tiré à près de 15 millions d'exemplaires. Elle apparaît même en couverture du numéro, souriant dans sa blouse blanche à côté d'un gigantesque champignon en pierre sculptée – « *I ate the sacred mushrooms. An astonishing scientific adventure in Mexico.* » L'arrivée avec Masha, le déluge au village, les champignons pour tromper l'ennui, ses visions de Lascaux et de Versailles, de sa Russie d'antan, tout y passe.

Au mois de mai 1957, donc, des millions d'Américains, feuilletant leur nouveau numéro de *Life* ou de *This Week*, apprennent au même moment l'existence du dernier psychotrope naturel encore inconnu de l'Occident. Découvrent qu'il y a quelque part, pas si loin de chez eux, de l'autre côté de cette frontière sud, accrochée à une chaîne de montagnes au nom exotique, une cabane au toit de chaume où une vieille femme, pour peu que vous puissiez l'atteindre, vous ouvre la porte de nouveaux mondes surnaturels, vous offre une rencontre avec le divin, vous fait entendre ses étranges litanies – « *I am a star woman, a moon woman, I am a cloud person* », dans la traduction de Gordon Wasson.

Stupeur dans les cuisines aménagées, sous les casques chauffants des salons de coiffure, surprise à plat ventre sur les plages de la côte Ouest ou dans un coin de cantine à Berkeley ou Harvard. On s'échange les magazines, on les passe au polycopieur, on découpe les images du champignon pour les coller dans des cahiers secrets, à côté d'une photo de Kim Novak ou de Che Guevara. Les articles des Wasson font sensation. Ils font battre les cœurs et sonner les téléphones des rédactions qui les ont publiés : on veut rencontrer Gordon et Valentina Wasson, les interviewer, leur demander des spécimens à goûter, on veut connaître le nom du village mexicain où trouver cette chamane, on veut tout savoir. Sans doute aussi qu'on crie au scandale dans le combiné en bakélite, qu'on s'insurge, c'est indécent un tel article, une telle apologie des drogues, vous n'avez pas honte de mettre ça dans le crâne des jeunes, de les éloigner du droit chemin de Dieu avec vos histoires de sorcellerie, de faire d'une intoxication un doux rêve.

On ignore ce qui se dit au téléphone, cette semaine de mai 1957, dans les rédactions de *Life* et *This Week*. Mais il est certain que les Wasson viennent d'éveiller une folle curiosité qui n'est pas près de s'éteindre, saupoudrant leur récit de deux ingrédients dont la jeunesse américaine se croyait privée pour toujours : la magie et l'aventure.

En un lieu, tout de même, les articles des Wasson ne créent pas la surprise. À la CIA, en effet, on sait déjà tout du champignon mazatèque et des aventures de la pédiatre et du banquier. Des responsables du programme MK-Ultra sur le contrôle mental ont même réussi à infiltrer une de leurs expéditions mexicaines de 1956. Ils ont chargé le chimiste James Moore de jouer les espions, d'accompagner Wasson jusqu'à Huautla, de ne pas le lâcher d'une semelle, de faire une grande cueillette d'informations et de champignons. Et depuis le retour de Moore, derrière les portes capitonnées du secret d'État, on examine et on mastique, on compare les effets, on tente d'isoler la substance. On interroge le champignon sans répit, on le passe à la question, jusqu'à lui extirper tous ses secrets.

À cette époque, le champignon traverse l'Atlantique, change de continent. Il arrive à Paris, dans le Quartier latin. Ce jour-là, au Muséum d'histoire naturelle, sur la porte du bureau du directeur, une pancarte dit : « M. Le Directeur est au laboratoire de Cryptogamie. » Et sur la porte du laboratoire de cryptogamie, une autre pancarte dit : « Ne pas déranger – Auto-expérience en cours. »

De l'autre côté de la porte, assis devant une paillasse en carrelage blanc, Roger Heim, directeur du Muséum et mycologue de renom, examine les échantillons qu'il a reçus du Mexique de la part de Wasson. La loupe qu'il tient devant lui grossit démesurément son œil gauche. Un œil pétillant de mycologue en pleine découverte d'une nouvelle espèce. Il tient un champignon entre l'index et le pouce, le fait tourner sur lui-même comme une petite ombrelle chinoise, l'ausculte du regard, marmonne ses observations dans une langue bien à lui, repose la loupe et prend son stylo pour noter dans un carnet ce qu'il marmonne : *Chapeau petit, régulièrement conique-campanulé, étroitement mamelonné, voire à papille gemmiforme étroite. Couleur brun-roux, sans nuance vert bleuâtre. Très hygrophane. Pied grêle, étroitement fistuleux.* Il retourne le champignon et se remet à marmonner : *lames violet-fuligineux, ventrues.* Puis il le renifle délicatement et grimace un peu : *violente odeur de levure.* Mais, après avoir grimacé, il a l'air de l'aimer encore plus. Il le regarde encore, penche la tête sur le côté, attendri, pose son stylo, et se dit que c'est le moment.

De son portefeuille il extrait avec soin une photo de son épouse, l'embrasse et la pose devant lui sur la paillasse. Il sort une autre photo, celle de son mentor, le grand mycologue Narcisse Patouillard – penser à écrire un roman sur Narcisse Patouillard, sur cette époque où l'on pouvait s'appeler Narcisse Patouillard – et la place à côté de celle de sa femme. Au champignon, il jette un dernier regard, plein d'amour et d'effroi mêlés, puis le gobe tout entier. L'ingérant, il réprime un léger haut-le-cœur et reprend l'écriture : *saveur âcrescente – goût de moisi*, et enfourne cinq autres champignons semblables au premier, puis s'approche de la fenêtre ouverte et allume une gauloise pour faire passer le goût.

Lorsqu'au bout d'une demi-heure des points verts et roses commencent à clignoter devant lui, des vibrions scintillants sur le point de s'assembler, il se remet à sa table de travail, attend quelques minutes encore, puis reprend son stylo et écrit : *visions colorées s'intensifiant – des ocelles mouvants sur des ailes géantes de lépidoptères – féerique spectacle en bleu comme les ailes du papillon morpho. Grand spectacle zoologique où défilent toutes les espèces.*

Puis Roger Heim se prend à rire, sans raison. De grandes rafales de fou rire l'assaillent. Il se calme et parvient à noter, très sérieusement : *propension explosive à l'hilarité – plaisanteries idiotes que je me fais à voix haute – soudain j'en ai honte, mais je me rassure aussitôt en constatant que je suis seul.* Peu à peu, son pouls s'accélère, son écriture s'étire en dents de scie, jusqu'à n'être plus qu'une sorte d'électrocardiogramme illisible. Comprenant qu'il ne pourra plus rien écrire pendant un moment, il repose son stylo, essuie les gouttes de sueur qui étoilent son crâne chauve, retourne près de la fenêtre et regarde les pigeons picorer de vieux mégots sous les grands chênes.

C'est là, face aux pigeons, que, dans tout le corps du docte directeur du Muséum, le rire reprend, incontrôlable, puis s'amplifie, rebondit sur les paillasses, sur les murs blancs du laboratoire, résonne dans toute la pièce, passe par la fenêtre encore ouverte et se propage d'arbre en arbre dans tout le Jardin des plantes. Sous les feuillages printaniers, les oiseaux s'affolent entre les jambes des passants qui se retournent vers le Muséum, interloqués, puis se surprennent à rire eux aussi, timidement d'abord, avec un peu de honte, puis de plus en plus fort, à s'esclaffer, d'un rire de fous, et c'est bientôt toute la ménagerie qui se convulse dans une grande hilarité bestiale.

Quelques semaines d'observation plus tard, le champignon a un nouveau nom. Un nom savant, mystérieux, qui lui va si bien : *Psilocybe.* Du grec *psilos* : nu, lisse ; et du grec byzantin *kubê* : la tête. Tête nue. Le champignon chauve.

Mais le nom a surtout pour avantage de partager sa première syllabe avec un mot tout nouveau, qui vient d'être inventé pour décrire les effets du LSD : *psychedelic.* D'ailleurs, on inverserait volontiers le *i* et le *y* de Psilocybe pour que les choses soient plus claires, pour qu'on annonce d'emblée son pouvoir de faire vriller notre psyché. Après s'être appelé *teonanácatl,* « chair des dieux », le voilà donc doté d'un nom occulte, un nom sorcier.

Pour être exact, Psilocybe n'est pas seul sous ce nom : dans la famille des champignons hallucinogènes du Mexique, il y a *Psilocybe aztecorum,* que les Aztèques appelaient le « petit enfant des eaux », *Psilocybe merdaria,* qui pousse là où son nom l'indique, *Psilocybe caerulescens,* que les Mazatèques nomment « éboulement », tant pour décrire son terrain favori que les effets qu'il procure. Il y a surtout *Psilocybe mexicana*, qu'on désigne toujours là-bas avec tendresse, comme un enfant, un petit ange, un saint : ce sont les *angelitos* ou les *niños santos* des Mazatèques, dont les chamanes peuvent manger dix ou vingt paires par cérémonie.

Son proche cousin, quant à lui, sera baptisé *Psilocybe wassonii*, parce qu'en bons maîtres et possesseurs, on a coutume d'apposer nos patronymes sur ce qu'on croit découvrir les premiers. Donner son nom d'homme à un champignon, comme une quête d'immortalité, comme pour s'assurer qu'une fois la lignée disparue, le nom sera toujours là, repoussant chaque année à la saison des pluies.

Après avoir vu Paris, son Quartier latin et son Jardin des plantes, Psilocybe, puisque tel est son nom, arrive en Suisse. Plus précisément à Bâle, aux laboratoires Sandoz, où il est accueilli par Albert Hofmann, dont on attend qu'il procède à la même magie que pour l'ergot de seigle changé en LSD. Qu'il tire la substantifique moelle de Psilocybe, qu'il en aspire le pouvoir psychoactif pour le reproduire à volonté. *Do your magic*, a proféré son patron en posant la main sur son épaule.

Mais Hofmann tient d'abord à faire lui aussi son auto-expérience. Comme il en a vu d'autres, il ingère trente-deux champignons d'affilée, avec beaucoup de sirop de citron pour faire passer le tout. On ignore si l'assistante laborantine est toujours la même que celle qui, quinze ans avant, avait dû le ramener chez lui à vélo en plein trip sous LSD. Si c'est bien elle, on l'imagine déjà lever les yeux au ciel, chercher les clés de sa voiture dans la poche de son manteau, se préparer à devoir voler une seconde fois au secours de son supérieur. Ça ne manque pas : ce que Hofmann décrit des effets qui surviennent ressemble de très près à son expérience de 1943. Vertiges, puis grand spectacle Technicolor. On le raccompagne à la maison, on l'allonge sur son divan, il croit se dissoudre, perdre son moi dans un tourbillon d'images – des images particulièrement mexicaines, écrira-t-il. D'ailleurs, il s'affole encore plus lorsque le médecin arrive pour l'ausculter, parce qu'il lui apparaît comme un prêtre aztèque prêt à lui arracher le cœur.

Le lendemain, à nouveau frais comme le jour, Hofmann se lance dans la synthétisation du principe actif. Les champignons sont séchés, réduits en poudre, la poudre jetée dans quelque tube à essai avec toutes sortes d'élixirs – réactif de Keller, carbonate d'argent, hydrogène sulfuré –, jusqu'à ce qu'apparaisse enfin, en minuscules cristaux, la quintessence de Psilocybe, qu'on appellera *psilocybine.*

Cet esprit caché dans le champignon, on le met à nu, on dévoile ses secrets, on le décortique, on déroule son petit chapelet d'atomes : douze de carbone, dix-sept d'hydrogène, deux d'azote, quatre d'oxygène et un de phosphore. On le fait même passer sur la balance, et c'est un beau bébé : 284 grammes par mole. Hofmann trace à la craie sur son tableau noir la formule topologique *ad hoc*, comme on dessinerait les contours d'une terre nouvelle.

Ultime étape de l'alchimie : on apprend à reproduire artificiellement la psilocybine, à la faire naître hors-sol, *in vitro*. Plus besoin de champignons, plus besoin de l'enveloppe visqueuse, de la peau verdâtre, de la chair au goût de moisi : chez Sandoz, on pratique la transsubstantiation, on fabrique l'esprit sans le corps. On y pose un brevet. Et puis on l'enferme dans des milliers de petits flacons en verre teinté orange.

Depuis Los Angeles, on y accède par la Santa Ana Freeway. Le soleil au zénith de l'été 1958 fait briller les chromes de la Ford Galaxy mais surchauffe l'habitacle, il est temps d'arriver. Encore quelques minutes de route et voilà qu'on aperçoit sur la droite les tours d'un improbable château féerique qui fait hurler les gamins sur la banquette arrière. Si l'on regardait sur la gauche – mais non, on est trop fascinés par ces tours de contes de fées qui n'ont rien à faire là –, on verrait peut-être ce qu'il reste des dizaines d'hectares d'orangeraie presque entièrement rasés trois ou quatre ans plus tôt pour en faire, entre autres, ce parking qui s'étend à perte de vue, cet horizon d'asphalte où déjà on se gare. On oublie le léger vertige ressenti au moment de troquer l'odeur de plastique de la Ford pour celle du bitume fondu qui colle aux semelles. Mais qu'importe, puisqu'on a dans la poche les tickets – réservés plusieurs mois à l'avance, et en tarifs réduits, grâce au comité d'entreprise de Madame – pour « *the happiest place on Earth* », comme le promet l'immense pancarte à l'entrée. Qu'importe, donc, puisqu'on y est, plus que quelques mètres.

Dans un instant, on passera les portiques pour arriver dans Main Street USA, on prendra une photo avec la souris géante qui nous accueille, on mangera une glace trop vite fondue, et puis on marchera vers le nord du parc, en passant sous le château de la Belle au bois dormant pour atteindre Fantasyland. Au guichet, en forme de gros champignon jaune flambant neuf, on retirera d'autres tickets, tamponnés avec une tête de chat souriant. On montera dans un petit wagon multicolore à l'effigie de la chenille au narguilé, et l'on plongera dans le terrier du lapin blanc, on naviguera dans une salle où tout est à l'envers, dans une forêt de fleurs géantes éclairées aux ultraviolets, on franchira des portes de plus en plus petites, on croisera sur notre chemin le Chat du Cheshire, le Chapelier fou et le Lièvre de mars. Tous seront là. Tous sauf Alice, car Alice, ce sera nous. On aura franchi un pas de plus dans l'immersion sensorielle. On ne sera plus de simples spectateurs de cinéma assistant aux aventures d'Alice, on sera devenus Alice elle-même, ses aventures seront les nôtres.

Alors, on s'abandonnera à la fantasmagorie, on laissera les secousses du wagon ballotter nos têtes, on se dira que l'on est bien, dans notre pays des merveilles en plastique. On oubliera 1958, on oubliera la récession et Nikita Khrouchtchev et la facture de la Ford Galaxy. On oubliera tout, on nous aura divertis.

À Huautla, les Wasson ne cessent de revenir. Une fois par saison des pluies au moins, parfois plus, avec Allan Richardson le photographe et avec Roger Heim du Muséum, avec des anthropologues, des linguistes, avec tout un tas de gens. À Huautla qui a grandi. Dispersées sur ses flancs, les maisons poussent en une nuit, aussi vite que les champignons. La muraille des montagnes, les torrents de boue, les nappes de brume, la pluie sans fin, tout ça ne suffit plus à se faire oublier du reste du pays.

De petits avions percent les nappes, à bord les Wasson. Ils atterrissent et décollent encore cahin-caha dans la terre molle mais ça ne va pas durer, on construit déjà le futur aérodrome pour qu'ils roulent au sec. La route, que les gens du coin appellent *la Brecha*, a fendu la montagne pour apporter les choses de la plaine, les choses de l'époque, la musique des villes et le bruit des moteurs, quelques ingénieurs, la police, un instituteur de la capitale. Sur la place du marché, au milieu des sacs de sucre et de café, on croise de nouveaux visages chaque semaine.

En passant devant l'école, on entend les enfants réciter en espagnol leurs leçons d'arithmétique, de géométrie, égrener les noms des grands hommes d'une histoire nationale qu'on ne connaît pas.

Plus bas, en direction de Veracruz, un grand barrage de béton a stoppé net le cours du *río* Tonto. Devant la montée des eaux, des centaines de familles sont parties. L'électricité traverse les vallées en grésillant le long de câbles infinis. Le paysage millénaire a changé.

Le temps, le vieux temps cyclique, est hors de ses gonds. Il s'accélère. Un avion passe. Les vieux Mazatèques du conseil des anciens ne savent plus quoi penser. Ils n'ont plus les mots dans leur langue pour dire ce qu'ils ont sous les yeux. Certains en restent muets jusqu'à leur mort.

La jeune Masha Wasson retourne quelquefois à Huautla, elle aussi. Parfois en avion avec ses parents, mais le plus souvent seule, en rêve. Elle s'endort dans son lit de Manhattan et se réveille géante dans le lit du *río* Tonto, la tête posée sur la colline, les cheveux couvrant toute une clairière, la robe flottant dans le courant, à ses pieds une foule de Mazatèques aussi petits que des fourmis. Une vieille femme s'approche de son immense bouche entrouverte, y jette une poignée de champignons, prononce quelques mots dans une langue indéchiffrable, et Masha retrouve aussitôt sa taille normale. Elle cavale maintenant sur le chemin de crête derrière la vieille femme qui lui présente la sierra comme une grande pharmacopée à ciel ouvert : Voyez-vous, chère Masha, cet arbre aux feuilles pourpres ? Mâchez ses racines et vous pourrez voler comme le quetzal ! Là-bas, une mare d'eau sombre. Buvez cette eau et vous aurez cent ans de plus. Là, une seule pincée de ce pollen dans vos yeux vous fera voir les pensées au-dessus des têtes ! Prenez garde à ces fleurs, leur parfum rend les jeunes filles hilares.

Et tandis qu'elle suit la vieille indigène, Masha goûte à tout. Elle mâche, renifle, aspire, dévore le paysage devenu potion magique et passe par mille états, se transforme sans arrêt, et parfois ses souvenirs du Mexique se mêlent aux étranges histoires qu'elle lisait petite sous ses draps jusqu'à tard dans la nuit. Alors, elle croise une chenille qui fume ou bien le sourire d'un chat perché dans un avocatier, et l'affreuse reine de cœur a soudain l'air d'une déesse aztèque à la jupe de serpents tressés.

De retour à son cabinet de New York, Tina tape sur sa Remington les notes qu'elle a prises dans son carnet du Mexique. Le samovar ronronne toujours. Ce qui apparaît peu à peu sous les pattes d'insecte de la machine à écrire, ce sont les premières pistes d'un usage thérapeutique de la psilocybine. Tina a l'intuition que la molécule pourra soigner les dépressions sévères, les addictions aux drogues ou à l'alcool. Elle met en lien ses observations, ce qu'elle sait, ce qu'elle a vu, la composition chimique, la résurgence des images d'enfance, l'effet immédiat, l'absence de dépendance. Elle sent qu'elle tient quelque chose. Il y a des soirs comme ça, sur la Remington, quelque chose.

Sans le savoir, elle a composé sur son bureau une vanité baroque : un petit crâne en terre cuite rapporté de la fête des morts à Mexico, une cigarette qui fume dans le cendrier, sa montre qu'elle n'a pas encore remontée, une tasse de thé au bord ébréché, quelques champignons qui déjà ont bleui au contact de l'air. *Memento mori*, lui chuchotent-ils.

Comme elle les aime, María Sabina, ses petites choses. Ses enfants saints. Comme elle les vénère et les chérit. Des enfants, elle en a eu, bien sûr, mais eux c'est autre chose. Ce sont ses petits anges, ses chérubins. Des chérubins qui n'ont pas besoin d'ailes pour la conduire là-haut. De petits anges aux corps fragiles. Elle les cueille loin des maisons, loin des regards, là où ils sont encore intacts, où aucun œil ne les a souillés. Elle les cueille tout entiers, de la tête au pied, elle prend garde à ne pas les écraser, sans quoi ils pleurent et protestent.

À Huautla, personne ne s'entend sur leur origine. Certains disent qu'ils apparaissent là où des gouttes du sang de Jésus sont tombées que Marie n'a pas pu recueillir en flacon. D'autres qu'ils sont là où le Seigneur a craché, ou bien gâché un peu de sa semence sacrée. Chacun y va de sa version. Peu importe, tant qu'ils sont là, tant que María Sabina est là pour les entendre. C'est eux qui l'ont choisie. Choisie pour lui parler, ou plutôt Dieu à travers eux, pour guérir, pour lui faire voir le seigneur des montagnes ou bien

Benito Juárez. Elle les aime tant qu'elle peut les écouter des heures. Parfois, elle croit les entendre chanter, comme les enfants de chœur à la messe.

Je suis femme qui pleure, je suis femme qui siffle, je suis femme qui fait tonner, je suis femme qui fait résonner, je suis femme esprit, je suis femme qui pleure, je suis femme qui siffle. Elle a prononcé cela dans sa langue cliquetante, avant de reprendre son souffle. Elle rallume une bougie, disperse le nuage d'encens qui l'enveloppe comme on chasse une mouche, ferme les yeux quelques secondes, puis les rouvre et ses pupilles sont noires, énormes. Une volute de fumée s'est enroulée autour de son bras, et à sa suite c'est toute la nuit qui s'enroule autour de María Sabina qui soudain a grandi, dont le corps s'est étendu et occupe maintenant presque un tiers de la pièce, dont le sommet du crâne atteint bientôt le toit de chaume. Après la première salve de mots, le monde s'est tu pour de bon. Dans la pièce, les convives sous champignons, sans en avoir reçu l'ordre, ont suspendu geste et parole. Les têtes chavirent, les lèvres tremblent, les boyaux se tordent, mais les mots de María Sabina ont imposé le silence. On ne perçoit plus à cet instant que le bourdon de la bande magnétique qui passe entre les deux roues de plastique du magnétophone posé sur l'autel devant elle, comme un objet votif de plus au milieu du copal, des plumes et des grains de maïs.

À ses côtés, Tina divague. Elle fixe la bande magnétique qui s'embobine, siffle légèrement en se frottant à la tête d'enregistrement. Elle songe à toutes les frictions qui ont permis cet instant suspendu, celles de l'air sur les ailes du petit avion qui les a menés jusqu'ici, celles du souffle de María Sabina sur ses cordes vocales, celles des mains de Gordon sur son dos pour calmer le frisson que lui procure le champignon. Elle se rappelle avoir lu quelque part que le frottement des marées à la surface de la Terre la fait tourner de moins en moins vite. Elle se figure des vagues, des cohortes de vagues hérissant les océans, des masses d'eau qui se dilatent et se contractent. Tina, perdue dans son planétarium intérieur, voit la Terre parcourue de marées s'arrêter lentement de tourner, puis voguer désaxée parmi les astres voisins, rouler comme une bille jusqu'à se cogner à la Lune, cette bonne vieille Lune dont on dit qu'elle sera bientôt foulée par l'homme.

Mais Tina dans son bain de voie lactée se voit doucement rappelée à la terre ferme par une nouvelle litanie de María Sabina, une autre salve de mots mazatèques dont elle ignore le sens, une autre suite de consonnes dentales et sifflantes jetées dans la nuit qui disent *Je suis la femme aérolithe, la femme tourbillon, notre femme des hauteurs, notre femme qui donne la lumière, je suis femme aigle maîtresse, je suis femme tourbillon, femme tourbillon, femme tourbillon.*

Et tandis que, par ces mots, María Sabina décline une à une ses identités magiques, tandis qu'elle délivre les sésames pour le monde des champignons où, plus loin dans la nuit, elle dénouera les mauvais sorts et parlera aux morts, tournent les roues du magnétophone, glisse la bande magnétique où ces mêmes paroles s'écrivent en infimes particules d'oxyde de fer.

Plus tard, quand la nuit aura cessé, quand la bande aura fini de s'embobiner, Tina et Gordon repartiront dans les airs. Ils reviendront avec les mots de la chamane changés en microsillons sur un grand disque noir et brillant qu'elle prendra d'abord pour de l'obsidienne. Sur une autre machine, on fera tourner le disque, et María Sabina, pour la première fois, entendra sa propre voix. Comme tout le monde, elle ne la reconnaîtra pas vraiment, s'en amusera peut-être. Ou tremblera qu'un peu de son langage nocturne soit pour toujours enfermé là, gravé en spirale sur ce disque qui lui fait un miroir noir.

María Sabina n'a pas six ans quand son père est changé en dindon pour avoir brûlé le champ de son voisin. C'est ce qu'elle raconte un soir à Tina Wasson. Les deux femmes sont assises en tailleur face-à-face, elles partagent une cigarette et leurs enfances. C'est la première fois, sans doute la dernière, qu'elles se parlent vraiment. Gordon est parti herboriser dans la sierra, ou bien boursicoter à Wall Street, en tout cas il n'est pas là. À côté d'elles, une jeune fille du quartier traduit du mazatèque à l'espagnol, de l'espagnol au mazatèque, lentement, phrase après phrase, si bien que les histoires de l'une arrivent à l'autre par bribes et s'étirent dans le temps, durent jusqu'au coucher du soleil, ce qui n'est pas pour déplaire à Tina, habituée depuis toute petite aux interminables contes de grands-mères russes.

L'histoire de mon père, je peux vous la raconter, dit María Sabina, même si c'est une histoire qui dans les hautes terres mazatèques n'a rien d'étonnant. La voici. Mon père, Crisanto Feliciano, sort du village pour s'occuper de son champ de maïs. Comme il fait sec, il décide de faire flamber toutes les herbes folles entassées dans un coin.

Le feu prend vite. Pour son malheur, un vent d'ouest se lève et pousse le feu vers le champ du voisin. Mon père n'a pas le temps de réagir que les premiers épis brûlent déjà. La moitié du champ part en fumée. Il parvient à éteindre les flammes, mais il est trop tard. Il a éveillé la colère du seigneur des orages, qui plane sur la vallée et protège le maïs. Et qui, par-dessus tout, déteste les incendiaires, même accidentels. Qui répète à qui peut l'entendre qu'il est le seul autorisé à mettre le feu, de temps en temps, avec l'éclair, mais jamais dans un champ de maïs. Il sort alors sa tête d'entre les montagnes, gonfle ses joues et souffle tout droit dans l'oreille de mon père sa malédiction, qui n'est entendue que de lui.

Maudit sois-tu, pauvre Crisanto, lui dit, je suppose, le seigneur des orages. Tu as brûlé les maïs en fleurs, les fleurs qui donnent les épis qui donnent les grains qui font la pâte dont les hommes sont faits. Tu as noirci le ciel pour rien. Maudit sois-tu, et changé en dindon, comme il se doit. Désormais, tu mangeras sur le sol ce qui sera tombé, tu parleras en cris enroués, ta coulpe fera naître mille plis et mille verrues sur ton cou. Dorénavant, tu es le dindon qui s'en va tout seul.

Mon père revient au village, la mort dans l'âme. Il ne dit rien à personne. En quelques jours, son cou s'épaissit et devient flasque, se couvre de pustules. Sentant la malédiction gagner son corps, il reste allongé tout le jour et toute la nuit, cachant sous les draps son cou toujours plus rouge et pustuleux.

Un matin, ce n'est pas mon père qu'on trouve au pied du lit, mais un grand dindon. Il nous regarde longtemps, de côté, ma mère, ma sœur et moi, de son œil inexpressif de dindon. Puis il tourne sèchement la tête vers la porte, balançant les bourrelets verruqueux de son cou rouge vif. Il sort de la maison, quitte le village en direction du lieu de l'incendie et ne revient jamais.

Quand l'interprète a fini de traduire, quand le silence s'installe, María Sabina écrase sa cigarette dans le cendrier, laisse se dissiper sa première histoire en même temps que la fumée, s'éclaircit la voix et reprend :

Connaissez-vous, madame Wasson, le bruit des vers à soie qui mangent les feuilles du mûrier ? C'est un bruit qu'on n'imagine pas, et pourtant c'est le bruit de mon enfance. Lorsque Crisanto Feliciano mon père a disparu, j'ai continué de grandir, et ma sœur aussi, dans une maison trop petite, celle de mes grands-parents. Ma mère, María Concepción, ne pouvait plus nous élever seule. Dans cette maison, mes grands-parents faisaient grandir, en plus de nous, des vers à soie. Du temps passé chez eux, je ne me souviens que du bruit des vers à soie mangeant leurs feuilles de mûrier tout le jour et toute la nuit. Avec ma sœur Ana, le temps passait à écouter leur mastication, à les regarder tisser leurs cocons, à semer le maïs, à attendre devant les rideaux de pluie jusqu'à septembre, à détisser les cocons.

Et un jour, j'ai connu les enfants saints, les petites choses. Le sage Baltazar est arrivé au village avec un paquet à la main, enveloppé dans des feuilles de bananier. Il venait pour soigner l'oncle Emilio Cristino, qui souffrait du ventre et ne pouvait plus se lever du lit. Baltazar, une fois arrivé près du malade, déplia les feuilles de bananier. Les petites choses étaient à l'intérieur. Je me souvins que mes grands-parents m'en avaient parlé avec le plus grand respect. Avec affection, aussi, comme des enfants qu'on vénère et qu'on chérit, des enfants plus vieux que nous tous, plus vénérables que les ancêtres eux-mêmes.

À la nuit tombée, Baltazar réunit quelques personnes chez Emilio, et distribua les petites choses par paires, y compris au malade, et en garda deux pour lui aussi. Je n'y eus pas droit, j'étais trop petite, mais on me laissa regarder, assise sur ma natte dans un coin de la pièce. Alors, Baltazar, Emilio, sa femme, tout le monde se mit à mâcher ce qu'on leur avait donné. Je ne voyais pas grand-chose. Cinq ou six bougies éclairaient la pièce, creusaient des ombres sur les visages, projetaient sur les murs des silhouettes géantes. Du copal brûlait dans un bol, comme il se doit, et la fumée me tournait la tête. Peu à peu, les ombres sur les visages se sont étirées en grimaces, les fronts se sont couverts de rides, les bouches se sont ouvertes, les yeux et les mains ont composé toutes sortes d'expressions comme celle des saints et des démons peints sur les murs de l'église. Emilio le malade regardait le plafond en fronçant les sourcils comme saint Sébastien, mais Baltazar avait l'œil serein comme le bon saint Pierre.

Après avoir mastiqué longtemps, il se leva et se mit à parler, à parler sans s'arrêter dans un langage étrange, très beau, de nuit et de nage, d'orage, d'étoiles parfois, de Dieu et d'eau souvent, d'Emilio le malade, de tout un tas d'animaux et d'autres choses encore. Baltazar égrenait ses mots en chantant, alors je fermai les yeux, la nuit me rappelait à elle. Puis Baltazar rompit la mélodie, se mit à projeter des palabres devant lui comme des poignards, à frapper sa poitrine de ses poings et de ses pieds la terre, à manipuler les fèves de cacao et les plumes de guacamaya au-dessus du copal incandescent. Après quelques gorgées d'eau-de-vie, il se calma. Parfois, tourné vers le mur blanc, il avait l'air de se présenter à la nuit et de l'interroger. Il lui posait des questions sur Emilio, sur son ventre malade. J'assistai à tout cela jusque tard dans la nuit, parmi la fumée et les chants. Je n'avais pas peur.

Après minuit, Baltazar éteignit les bougies avec le bout d'une fleur de glaïeul sortie d'un vase. Il les éteignit toutes sauf une, qu'il planta dans le sol au milieu de la pièce, et dansa autour de la flamme. Une danse aussi étrange que sa langue, qui ne ressemblait en rien aux danses qu'on danse le jour, comme aux fêtes de la Guelaguetza à Oaxaca. Baltazar croisait sur son chemin toutes sortes de compagnons, humains ou non. Peut-être qu'il croisa mon père le dindon, ou le seigneur de la montagne, ou bien feu le président Benito Juárez. Autour de lui, les convives s'étaient allongés. Certains parlaient comme à leurs enfants, d'autres gémissaient ou riaient. L'un d'eux se redressa et me fixa quelques secondes. Ses pupilles étaient comme celles du chat dans la nuit. C'est la dernière chose que je vis avant de m'endormir. Le lendemain, l'oncle Emilio avait quitté son lit. Deux semaines plus tard, il était guéri.

Plus tard, je les ai goûtées moi aussi, les petites choses. Une fois en cachette, avec ma sœur. Une deuxième fois, parce qu'elles m'avaient fait oublier la faim. Nous avions toujours faim. Une autre fois encore pour revoir ce que j'avais vu. Je sus alors que j'étais faite pour cela, pour parler à Dieu grâce aux petites choses, dans la même langue que le vieux Baltazar. Pour qu'à travers moi elles parlent et soignent et donnent des nouvelles des absents.

Je pourrais vous raconter bien des choses encore, madame Wasson. Comment je suis devenue María Sabina aux mille rides, à force de bêcher la terre, María Sabina la double veuve, comment la maladie du vent a emporté mon premier mari Serapio, la machette mon second mari Marcial, comment le couteau a traversé le cœur de mon fils, comment pour finir je suis devenue María Sabina la mère des enfants saints, l'épouse des petites choses. Je sais que vous comprendriez ce qui m'unit à elles, mieux que monsieur Wasson votre mari, car vous croyez aux petites choses, vous les avez cueillies dans les bois de votre enfance, vous savez leur pouvoir, vous n'avez pas oublié les histoires qu'on vous a racontées sur elles. Je sais aussi que comme moi vous soignez les corps et les âmes. Je pourrais vous raconter bien des choses, mais il est tard. Si vous le voulez bien, je vais me taire et dormir.

Toutes ces expéditions des Wasson, bien sûr, leur coûtent cher. Mais Gordon sait tirer les ficelles, relier les bons câbles téléphoniques pour faire tomber les dollars et les passe-droits. C'est Wasson l'industrieux, celui qui remue ciel et terre pour ses champignons. Par son ami le directeur de la Banque Nationale du Mexique, il se fait prêter un avion, des voitures. Grâce à ses relations à Washington, les étranges colis bourrés de champignons qui lui sont expédiés depuis le Mexique lui parviennent rapidement, sans être interceptés par la douane.

Si son patron se montre si bienveillant vis-à-vis de ses aventures mycologiques, ce n'est pas par simple curiosité pour le règne des *Fungi* – les voies de la finance ne sont pas à ce point impénétrables –, c'est aussi parce que Wasson a bien voulu user de sa plume d'ancien journaliste pour sauver la réputation de la famille. Quelques années plus tôt, il a écrit *The Hall Carbine Affair*, un essai historique où il lave de tout soupçon John Pierpont Morgan Senior – le vilain père au nez pourri –, accusé de profits véreux sur une vente d'armes pendant la guerre de Sécession.

On raconte en effet que John Pierpont Morgan aurait fait un bénéfice record sur le rachat de carabines par le gouvernement américain pour l'Armée de l'Union. Des carabines obsolètes, en outre, qui avaient la fâcheuse tendance d'exploser entre les doigts du tireur. Une plus-value sur le dos du gouvernement, de la nation en armes, et qui, dit-on, fut telle qu'elle aurait permis de lancer sa carrière de banquier. Voilà qui fait désordre. On demande donc à Wasson d'intervenir, de désamorcer les preuves, de gommer méticuleusement les taches de sang sur le blason du banquier patriarche. Ce qu'il fait avec tant de brio qu'on promet de ne jamais lui chercher querelle avec ses histoires de psychotropes, et aussi, peut-être, de l'inviter chaque année au très prisé dîner de Thanksgiving de la famille Morgan.

La lettre d'invitation, d'ailleurs, à l'élégant papier liseré d'argent, est posée sur la table basse de Gordon et Tina, où le courrier s'accumule. Des lettres des grands de ce monde – les Morgan, le directeur d'Harvard ou du Muséum de Paris –, mais aussi d'anonymes – ethnologues en herbe, lecteurs de *Life*, admirateurs exaltés.

Le sommet de la gloire est atteint pour les Wasson lorsque, sur la pile de courrier, vient atterrir une coupure de presse envoyée depuis la France : un article de Claude Lévi-Strauss dans *L'Express*, qui encense les travaux du couple. L'ethnologue, très emballé par la théorie des mycophobes et des mycophiles, imagine même prolonger la ligne de partage un peu plus loin : n'est-il pas troublant de penser que les nations mycophobes sont *grosso modo* celles que réunit le Pacte atlantique, quand les plus mycophiles sont toutes dans le Bloc de l'Est ? En somme, ne pourrait-on pas comprendre les enjeux géopolitiques du monde bipolaire à l'aune du goût ou du dégoût pour les *Fungi* ?

Mais l'année 1958 est perfide, qui après les lauriers apporte le chagrin. Tina meurt d'un cancer le 31 décembre. Il n'y a malheureusement aucun champignon qui porte son nom de jeune fille. Le *Psilocybe pavlovna* n'existe pas.

Le reste de l'hiver est interminable. Gordon et Masha trimballent leur peine dans les rues glacées de Manhattan. Dès qu'il peut descendre de sa tour grise où se décide le sort de la finance internationale, Gordon rejoint sa fille à la bibliothèque pour préparer des articles sur le *Psilocybe mexicana* ou la sauge des devins, et Masha face à lui se fatigue les yeux sur une liste de noms de molécules pour préparer son concours d'infirmière. Le savoir leur tient chaud.

Quand le printemps 1959 arrive enfin, cinq champignons hors-norme sont apparus à Central Park. En face de la Cinquième avenue, non loin du Metropolitan Museum, tout près – qui sait – de là où Gordon et Tina se sont rencontrés trente ans plus tôt, les promeneurs découvrent cinq énormes champignons de bronze. Au milieu, sur le plus grand d'entre eux, une statue d'Alice assise, entourée par le Lièvre de mars, le Chat du Cheshire et le Chapelier fou.

Ici, une ellipse. Quelques mois passent, figurés à l'écran par l'effeuillage d'une éphéméride dans l'appartement des Wasson, les cheveux de Gordon qui blanchissent, une fleur qui fane dans son vase, les champignons de la sierra qui poussent, puis s'affaissent, puis repoussent, une ride de plus au front de María Sabina.

La décennie se termine et le temps s'accélère. Tout tourne un peu plus vite, les aiguilles des horloges, les cadrans des téléphones, les pales des hélicoptères, l'ouragan Donna qui spirale au-dessus de la côte Est et les enfants en patins à roulettes autour de la statue d'Alice.

Ça tourne et ça révolutionne, à croire que les planètes elles-mêmes se pressent un peu plus, les planètes les comètes les astéroïdes, et surtout les flopées de satellites qu'on envoie orbiter autour de la Terre. Spoutnik 1, 2, Explorer 1, 2, 3, Spoutnik 3, Explorer 4, Pioneer, et ainsi de suite jusqu'à Spoutnik 5 à bord duquel des champignons – entre autres organismes : chiens souris plantes microbes – font dix-huit fois le tour de notre planète avant de revenir se poser sains et saufs.

Fin de l'ellipse, voici les sixties.

Plus bas dans l'atmosphère, un nuage de psilocybine s'envole au-dessus de l'Atlantique. Passe d'est en ouest. Les mille petits flacons orange arrivent aux États-Unis, direction les réserves de la CIA, la succursale de Sandoz dans le New Jersey et les laboratoires universitaires. La nouvelle potion magique débarque sur une terre d'apprentis sorciers. Une potion légale, qui plus est – pour le moment. Parmi ces apprentis sorciers, deux psychologues cliniciens d'Harvard, Timothy, Leary et Richard Alpert. Comme beaucoup d'autres, ils ont appris l'existence du champignon avec l'article de Gordon Wasson dans *Life*, et lancent le Harvard Psilocybin Project. Ils commencent par tester la psilocybine sur des détenus d'une prison de haute sécurité du Massachusetts, pour évaluer les effets à long terme sur les comportements criminels et les récidives. Plus tard, c'est au tour des étudiants de théologie de goûter le précieux sang du champignon, à la Marsh Chapel de l'université de Boston, lors du Vendredi saint de l'année 1962. Après la drôle de scène d'eucharistie qu'on imagine – chacun versant dans le calice les quelques gouttes du flacon orange qui lui sont destinées –, on dit qu'en bas du vitrail en rosace où Jésus ouvre grand ses bras, plusieurs ont cru s'élever vers lui, entendre les voix des archanges ou bien se dissoudre tout crus dans la matière divine. On dit aussi qu'il a fallu injecter à l'un d'entre eux une bonne dose d'antipsychotique pour qu'il cesse de courir dans tout le campus en annonçant le retour du Messie.

L'heure est à la distribution générale. Après les prisonniers et les théologiens, c'est aux araignées de se faire offrir un trip. Au laboratoire de cryptogamie du Muséum de Paris, on verse à quelques individus de l'espèce *Araneus diadematus*, aimable habitante de nos jardins, une grosse goutte de psilocybine. On trépigne de les voir tisser leurs toiles, on s'attend à des formes inouïes, des cathédrales de fils entrecroisés, on imagine déjà les fractales façon chou romanesco. Mais non, le résultat est un peu terne. Si *Araneus diadematus* est en plein voyage psychédélique, elle ne prend pas la peine de le signifier brillamment par son art du fil aux dix scientifiques exaltés qui l'observent à la loupe. Plutôt, elle hésite un peu plus que d'habitude sur sa toile, rate son accrochage ici et là, laisse des trous, s'arrête en pleine spirale. Un travail bâclé. À la suite de quoi, titubante, elle part se prélasser dans un coin de sa toile. Même l'appétissante proie qu'on jette sur son fil collant pour tester son aptitude à la chasse sous psilocybine se voit dédaignée. C'est triste à pleurer, si bien qu'à dix-huit heures tapantes, les cryptogamistes, laissant l'araignée à son indicible extase, ferment la porte du laboratoire et s'en vont noyer leur spleen dans un verre de rouge au bistrot de la rue Poliveau.

Bientôt, ça dérape. Les professeurs Leary et Alpert organisent des expériences collectives à plus grande échelle avec des étudiants volontaires. Deux d'entre eux atterrissent à l'hôpital. L'expérience déborde du laboratoire. Très vite, dans les parcs du campus, sous les grands sycomores, on organise de mémorables soirées sous LSD ou « psilo », plus faciles à trouver que le peyotl ou la mescaline, tous deux illicites. On soupçonne aussi Leary et Alpert d'en détourner pour leur usage personnel. Les journaux locaux crient au scandale. La Food & Drug Administration ouvre une enquête, Alpert est licencié. Leary est écarté peu après. Il ne tardera pas à prononcer son fameux mot d'ordre à la jeunesse : *Turn on, tune in, drop out* – « Branche-toi, accorde-toi, décroche ».

De l'autre côté de la frontière, le Mexique, qui s'écrit avec le *x* d'extase et d'expérience, le *x* d'excès. Le *x* de l'interdit. Mexique, terrain de jeu de l'Europe ennuyée, des États-Unis corsetés. Mexique, terre d'accueil des explorateurs, des fugitifs et des paumés, des illuminés.

Mexique où l'on va brûler ses yeux et ses ailes, où les têtes brûlées se retrouvent pour communier.

Là-haut, au sommet des montagnes du Nord-Ouest, un certain Antonin Artaud est parti rencontrer les Tarahumaras et s'initier aux rites du peyotl. À Cuernavaca, on trouve le consul britannique d'*Au-dessous du volcan* noyé dans le mezcal et la tequila, tout comme son auteur Malcolm Lowry à Oaxaca, ou encore William Burroughs, errant sous substances dans les rues sombres du quartier de la Roma, à Mexico.

Lorsqu'à Harvard les choses se gâtent pour eux, c'est aussi de l'autre côté de la frontière que Leary et Alpert vont s'échapper. Plus précisément à l'hôtel Catalina, sur une plage de la côte Pacifique, tout près d'Acapulco. Ils y fondent un centre de formation psychédélique, sous l'égide de leur association, the International Federation for Internal Freedom. Un genre de touristes bien particulier, qui aux tequila sunrise préfèrent quelques gouttes de LSD ou de psilocybine, qui ne font d'excursions qu'à l'intérieur d'eux-mêmes et n'ont pour tout guide que le *Livre tibétain des morts*. Mais les autorités mexicaines ne tardent pas à débouler à l'hôtel Catalina, font fermer le centre et ramènent de force toute la petite communauté des psychonautes en avion jusqu'à Mexico.

Désormais, c'est au sud du pays, dans la sierra mazatèque, que ça commence à s'agiter.

Il leur a suffi d'un rire pour s'annoncer. Un grand rire à plusieurs voix, de femmes et d'hommes, surgi de la forêt, déchirant le silence du petit matin. Un faucon s'envole au-dessus des arbres, et l'on croit sentir la montagnc vibrer un instant, les milliers de gouttes de pluie obliquer imperceptiblement avant de reprendre leur chute verticale.

Plus bas, sur la colline de María Sabina, les chiens au seuil des maisons lèvent le museau, dressent l'oreille. Les vieilles du quartier sursautent. Leonora avale son café de travers, Petrona se pique avec son aiguille à repriser. C'est qu'on n'a pas l'habitude d'entendre de tels rires dans la sierra. Pas un rire mazatèque, ça non. Un rire chanté, à gorge déployée, spectaculaire. Un rire comme un riff de guitare électrique.

María Sabina, elle, n'a pas tressailli. Du fond de son lit, elle a ouvert un œil, l'a refermé. Toute la nuit, elle a veillé avec ses petites choses. Couchée depuis peu, elle se demande qui vient troubler son sommeil. Elle ne reconnaît pas la voix de Gordon Wasson. Pourtant elle croit avoir déjà entendu un rire pareil, en rêve peut-être.

Les voix des rieurs se rapprochent, et Sabina reconnaît leur langue. Un anglais rapide, biscornu, se dit-elle, mâché et remâché, rien à voir avec la langue calme et tenue des Wasson.

Elle se lève enfin et, comme ses voisines au même instant, entrouvre la porte. Alors, sans doute que même María Sabina l'extralucide, même María Sabina qui en a vu d'autres, là-haut comme ici-bas, écarquille un peu les yeux au passage du drôle de cortège sorti de la forêt ce matin-là.

Ils sont cinq. Trois hommes, deux femmes, très jeunes, accoutrés dans des habits d'un autre monde. Plutôt que des *güeros*, on croit à une délégation d'habitants de la Lune, et les paires d'yeux des vieilles Mazatèques du quartier roulent dans leurs orbites, ne sachant par quoi commencer pour mesurer l'étrangeté du spectacle. Elles voient les pantalons larges et les bottes pleines de boue, les chemises et les robes plus colorées que leurs *huipils* de cérémonie, les bijoux qui cliquettent au vent du matin, elles voient les cheveux longs des hommes comme ceux des femmes. Elles voient l'un d'eux qui, avec sa peau de mouton sur le dos, a l'air de saint Jean-Baptiste sorti de sa grotte, mais un Jean-Baptiste coquet, avec un chapeau à larges bords surmonté d'une longue plume verte de quetzal. Elles reconnaissent les yeux ronds, les peaux claires des *güeros*, sauf pour l'un des cinq, qui a la peau noire comme on n'en a jamais vu ici.

Les voilà sortis du bois où ils ont passé la nuit, pourtant personne ne les a vus arriver. Les voilà qui avancent maintenant entre les maisons sans se savoir observés de tous côtés, piaillant et cliquetant en direction du centre. Dans le magma d'anglais et de rires, les petites vieilles, bien sûr, ne distinguent pas la moindre syllabe familière, hormis María Sabina, certaine de les avoir entendus prononcer ce mot tant de fois répété par Wasson avant eux : *mushrooms*.

Elle les perd de vue. Elle ne les voit pas débouler sur la place du marché comme une troupe de saltimbanques d'un autre âge, déclencher sur leur passage un léger trouble – sous les chapeaux, les têtes endormies se redressent, les cous se tendent pour mieux les examiner, on se les montre du doigt ou du bout du menton, on ricane ici et là, on fronce les sourcils. Peut-être, y a-t-il un ou deux gamins qui, croyant au début du carnaval, les suivent en se dandinant, se mettent des plumes sur la tête, les imitent dans un anglais inventé, avant de se faire houspiller par leur mère.

María Sabina n'entend pas non plus les nouveaux venus saluer les marchands aux yeux fuyants, leur demander s'ils savent où habite une certaine Eva Méndez, puis sortir d'une poche un morceau de papier plié en huit, le défroisser patiemment pour faire apparaître l'image contrastée d'un visage de profil. Elle ne voit pas son visage à elle, María Sabina, imprimé en couleur sur un papier journal qui tache un peu le bout des doigts. Sans doute que ça ne marche pas tout de suite, qu'ils tombent d'abord sur des gens venus de loin, à qui le visage ne dit rien, ou bien qui ne disent rien, car ils ne comprennent pas les mots prononcés dans un espagnol hésitant par ces drôles de gringos multicolores, et donc secouent la tête sans prendre la peine d'ouvrir la bouche. Jusqu'à ce que la photo passe entre des mains moins farouches, jusqu'à ce qu'on leur dise oui, bien sûr, elle habite toujours ici, elle ne s'appelle pas Eva Méndez mais María Sabina García, elle doit dormir à l'heure qu'il est, elle a travaillé toute la nuit. Vous la trouverez en haut de cette colline là-bas, celle d'où vous venez, la troisième maison à droite après la croix blanche.

Ça y est, les voilà. Les *güeros* aux cheveux longs. Les *jipis*, comme on dira bientôt, avec un *j* aspiré. Voilà ce jour vers 1962 où ils toquent à la porte entrouverte de chez María Sabina. Ils sont venus pour voir, disent-ils. Voir plus loin, grâce à elle, grâce à ses petites choses. Pour ouvrir l'œil et le bon, c'est-à-dire le troisième. Pour forcer les portes de la perception, pour parler à Dieu ou à leurs morts, pour savoir enfin quoi peindre, écrire, chanter. Ils ont un tas de raisons impérieuses d'avoir fait tout ce chemin jusqu'ici, jusqu'à ce petit seuil de pierre et cette porte entrouverte. Elle, de l'intérieur, prend le temps de les dévisager, de plus près cette fois, de scruter chaque détail de ces extravagants sujets, leur corp fin, leurs visages de grands enfants marqués par le voyage, et doucement, sans un mot, ouvre sa porte et les fait entrer.

Alors, il y a cette nuit où l'on consulte le champignon selon l'ancienne manière, l'antédiluvienne, la seule qu'on connaisse en pays mazatèque, mais cette fois pour des gens très neufs, ultramodernes, des gringos d'un genre nouveau, bien différent des Wasson.

Cette nuit où Psilocybe, ancêtre immémorial, rencontre les enfants du siècle.

Nuit inaugurale où Huautla devient lieu de pèlerinage, point de rendez-vous sud-américain sur le *hippie trail*, avant le départ pour l'Iran ou Katmandou. Dans les semaines, les mois qui suivent cette nuit-là, les chevelus arrivent par dizaines, au début de la saison pluvieuse, lorsque chez eux les professeurs ou les patrons leur lâchent la bride pour les vacances d'été. Chez María Sabina, ils passent des heures allongés dans un coin de la pièce, attendant la prochaine veillée, parlent entre eux à voix basse, fument du *tabac qui égare*, comme dit Sabina. Aux vieilles femmes du quartier qui voient tout cela d'un mauvais œil, elle dit que ça passera, qu'ils repartiront bien un jour, que c'est comme avoir chez soi de grands oiseaux convalescents, venus guérir de Dieu sait quoi. Elle dit qu'il faut bien les accueillir, eux qui viennent de si loin, eux qui font de si longs voyages pour venir jusqu'à elle, prennent l'avion, le train, filent sur des routes noires à travers le désert, montent à l'arrière de camions qui s'enfoncent dans la boue, attendent des jours et des nuits que quelqu'un les emmène en haut de la sierra. Ils viennent de l'autre côté de la frontière nord ou même de l'Atlantique. Plusieurs sont mexicains, bien sûr, mais de la capitale, ou plus au nord encore, alors ils sont comme les autres, en pays inconnu. Elle les accueille comme une grand-mère, avec du café, des *tamales*. À la nuit tombée, ils mangent ses petites choses, qu'elle va cueillir chaque jour avec ses filles.

À l'aube, au moment de s'en aller, certains lui tendent de l'argent qu'elle refuse, ou bien n'accepte qu'en partie, juste quelques billets pour couvrir les dépenses de la cérémonie, quelques pesos pour le copal, les fleurs, le cacao achetés au marché, mais rien pour ses petites choses, qui sont sacrées et donc ne s'achètent pas, qui flétriraient à l'instant même de leur mise à prix. Elle refuse aussi qu'on la paie pour son office, pour ces nuits de voltige sans filet dans l'au-delà, de pourparlers avec Dieu et les saints, pour ces nuits de chant profond qui, au matin, la laissent exsangue.

Elle refuse, jusqu'au jour où elle accepte. Jusqu'à cette minute, anodine et fatidique, cet instant si fugace qu'il passe presque inaperçu, où María Sabina cesse de refuser l'argent tendu, fermant les yeux sur sa main se fermant sur une liasse gris poussière – deux ou trois cents pesos : une broutille ailleurs, ici une fortune –, une liasse bien roulée, serrée, cachée dans la doublure d'une de ses jupes. Trois cents pesos la nuit, lui propose-t-on ce jour-là, pour quatre ou cinq nuits d'affilée, à l'hôtel de doña Rosaura, devant un parterre de *güeros* plus nombreux que d'habitude, une quinzaine, ou peut-être plus, selon les arrivages, et à ce prix-là il faudra que la nuit soit belle, n'est-ce pas, Sabi, que les visions soient au rendez-vous, il faudra prévoir la cueillette en conséquence, se lever tôt, avec ton petit rouleau de papier qui pèse lourd sur ta hanche, avec ta fortune de papier qui n'a pas échappé au regard des vieilles femmes du quartier.

Ils sont bavards, les chevelus, ils lui parlent beaucoup, en vrac, dans un mélange d'anglais californien, d'espagnol frelaté, de mazatèque pire encore, de gesticulations diverses, toute une pantomime, s'imaginant que María Sabina y comprendra bien quelque chose.

Ils lui parlent même certaines nuits lorsqu'elle dort, lorsqu'elle a fermé boutique. Ils frappent à la porte de ses rêves et lui parlent en chœur. Alors, ces nuits-là, du fond de son sommeil, elle comprend enfin leurs langues sans les avoir apprises.

– Ouvre-nous, María Sabina. La nuit est tombée.
– Grand-mère Sabinita, fais-nous entrer.
– Fais-nous voir tes *little things*.
– Fais-nous rencontrer les enfants saints.
– *Abuelita*, offre-nous encore tes bonbons cosmiques.
– Tes amères dragées.
– Tes lutins des sous-bois.
– La chair de ton pays de boue. La chair de tes dieux.
– Nous promettons d'être sages.
– De finir notre assiette.
– De nous faire tout petits.
– Nos têtes ont faim, grand-mère Sabina.
– *Feed your head*, comme dit la chanson.
– « White Rabbit ». Jefferson Airplane, tu connais ?
– *One pill makes you larger.*
– Une pilule te fait grandir.
– *And one pill makes you small.*
– Une pilule te fait rétrécir.
– Et à la fin, ça dit : *feed your head.*

– Nourris ta tête.
– *Please*, María Sabina, *feed our heads*.

– Le soleil s'est couché, Sabinita. La magie opère. La métamorphose. Toi qui le jour racles la terre et grelottes, toi sur qui tombe la pluie, toi qui le jour n'es que la petite María Sabina aux mille rides, la vieille Sabi au dos voûté, veillant sur ses quatre murs et ses huit mètres carrés, toi María Sabina, la nuit tu es reine en ton royaume. Le ciel s'obscurcit et, par la grâce du Psilocybe, tes murs et ton plafond s'écartent, ton domaine se déploie. Les gouttes tombées du toit de chaume sur le sommet de ton crâne te font une couronne de diamants. Ton *huipil* devient manteau d'hermine. Tandis que le champignon peu à peu ajoute les rosaces à ta cathédrale, les ors à ton palais, aux salons de réception les miroirs infinis, tandis que le Psilocybe se fait architecte baroque, toi, tu t'y promènes en souveraine et tu chantes. Tu chantes pour décliner tes titres de noblesse, les pouvoirs qui te sont conférés. Ce en vertu de quoi, chaque nuit, tu feras entrer tes sujets et les feras asseoir à tes côtés, tu distribueras les paires et soigneras leurs plaies, toi la reine thaumaturge. Tu chantes pour arpenter ton empire et le faire tourner. Ouvre-moi, ô reine Sabina, c'est toi que je viens voir. J'ai chanté tes louanges dans tout mon pays. Ouvre-moi, je suis à ta porte et je plie le genou. J'ai les cheveux sales et les bottes pleines de terre. Mais ma fidélité est sans faille. C'est toi que je viens voir. La dernière sorcière en majesté. La reine de la nuit.

Demain matin, tu seras à nouveau reine de rien dans ton royaume de boue, mais je serai partie.

– Ici tes petits-enfants fleuris, est-ce que tu nous reçois ?

– Ici tes rejetons adoptifs. Ceux que tu n'avais pas vus venir. *Do you copy?*

– Pas mazatèques, plutôt métèques.

– *Your great grandchildren.*

– Un peu encombrants.

– Un peu remuants, mais pas pour faire la guerre.

– Bruyants mais musiciens.

– Pouilleux mais colorés.

– Parfumés à l'herbe.

– Fauchés mais couverts de bijoux.

– Sais-tu au moins d'où nous venons ? Nous venons d'un pays fort.

– D'un pays fier.

– D'un pays en guerre. Nous n'irons pas faire la guerre.

– Nous ne sommes pas fiers.

– Nous ne sommes pas nos pères.

– Nous fuyons nos pères.

– C'est contre eux que nous sommes en guerre.

– Ils nous ont dit d'être fiers.

– Ils m'ont dit sois une bonne épouse.

– Sois un bon fils.

– Sois utile à ton pays, utile à la patrie. Sois le fils de ton père. Sois ingénieur ou militaire.

– Sois fier de ton nom. Tu es Sullivan, fils de Sullivan et Williams, né à Austin, Texas.

– Tu es Acosta Torres, fils de Gómez Acosta et Torres Clark, de Mexicali, Basse-Californie.

– Tu es Johnson, fille de Johnson, de Staten Island.

– Tu es Reynolds, fille de Reynolds et Hawkins, de Philadelphie, petite-fille de Freeman, de Louisville, Kentucky, femme de Johnson de Staten Island.

– Mais nous ne sommes rien de tout ça. Nous ne répondons plus à ces noms. Le champignon nous l'a dit. Leary nous l'a dit : *drop out*. Démissionne. Lâche prise. Débaptise-toi.

– *Quítate la máscara*. Enlève ton costume.

– Avec le psilo, ton nom est personne.

– Avec le psilo, tu es la graine qui sort de sa cosse.

– Le champignon te déshabille. T'épluche.

– Te débarrasse de tous tes oripeaux.

– Nom patronymique, nom d'usage, nom de jeune fille ?

– Non renseigné.

– Civilité, diplômes, profession, situation conjugale ?

– Non renseigné.

– Numéro d'étudiant, numéro de matricule ?

– Oubliés.

– Nous voilà hors-série.

– Numéro zéro.

– *I'm not a number! I'm a free man!*

– Nous sommes venus nous connaître et nous méconnaître.

– Consulter ton miroir magique, Sabinita.

– Pas celui qui nous reflète, celui qu'on traverse.

– La nuit est noire maintenant.
– Le noir presque complet. Pas d'étoiles.
– Juste la lune parfois entre deux nuages.
– Écoutez. Elle chante.
– Ouvre-nous, Sabina.
– On arrive trop tard. Elle chante.
– Le rideau s'est déjà levé. Elle ne prend pas de retardataires.
– La fantasmagorie a commencé. Elle n'ouvrira plus la porte.
– Pas de théâtre d'ombres pour ce soir.
– Reste plus qu'à regarder la lune.
– Un autre croissant que chez nous, vous avez vu ?
– Tourné autrement, en forme de sourire.
– Ce pays nous sourit.
– Et la Pyramide de la Lune à Teotihuacán, vous l'avez vue ?
– Plus belle encore que celle du Soleil.
– La Lune, María Sabina, sais-tu que bientôt des hommes de mon pays vont y poser le pied ? Le monde entier ne bruit que de cela. La conquête spatiale. Ils ne savent pas que les vrais explorateurs, c'est nous. Que nous allons mille fois plus loin que sur la Lune. Que l'heure est à l'exploration du lointain intérieur. Au voyage astral. Ils ne savent pas que j'ai traversé les déserts d'argent de Pluton, remonté des fleuves souterrains sur Bételgeuse. Que j'ai vu des navires de guerre en feu surgissant de l'épaule d'Orion. Plongé la tête la première dans les trous noirs, caressé du bout des doigts les nébuleuses. Les vraies missions

ne partent pas de Cap Canaveral, mais de Huautla de Jiménez. Toi, María Sabina, tu es notre pilote.

– Notre prêtresse, surtout.
– Il nous fallait du rituel.
– Nous n'avions plus de rites.
– Si ce n'est la messe, l'armée, le mariage.
– Dont nous ne voulons plus.
– Il nous fallait d'autres rites, et de grands espaces.
– Les villes ne sont pas faites pour les trips.
– Pas un endroit pour le *freak-out.*
– Espaces striés quadrillés surveillés.
– Nos pères nous ont à l'œil.
– Les *cops* aussi.
– La Guardia Civil.
– Les bobbies.
– La Policía Federal.
– Il y avait bien les parcs, les campus.
– Le Golden Gate Park.
– Les jardins flottants de Xochimilco.
– Mais ce n'était pas assez.
– Les parcs étaient cernés.
– L'expérience était synthétique.
– En comprimés, en buvards.
– Tout ça manquait de racines. Comme nous.
– Tout ça manquait de mana.
– Alors on est sortis des villes.
– Vers les Rocheuses, le Colorado.
– Dans les Catskills, à Woodstock.
– Vers les îles. Ibiza. *Wight Island.*
– Dans la jungle, pour l'ayahuasca.

– Vers le nord, pour le peyotl.
– Vers le sud, pour le psilo.
– Ici les acides poussent à même le sol.
– Ici on ne les achète pas, on les cueille.
– Ici on a le mystère.
– Le mystère et la mystagogue. L'officiante.
– María Sabina et ses petites choses.
– Les seules hosties que l'on veut bien manger.
– María Sabina et sa voix surgie du fond des âges. Moi, je suis venu voyager dans le temps, voir et entendre le monde d'avant. D'avant la conquête. Avant l'épée et la croix, avant les barbes des Espagnols. Une scène qui n'a pas changé depuis des siècles. « *The age-old rituals* ». C'est Wasson qui l'écrit. Une voix préhistorique, une voix d'avant les chevaux et les armures, d'avant les villes, les fusils et l'État. Comme une momie égyptienne ou inca qui se mettrait à parler. À chanter. Je suis venu entendre sa voix antédiluvienne.

– Nous sommes à ta porte, *abuela*.
– En bas de chez toi, mais nous sommes *high*.
– *Eight miles high*.
– Pour toujours dans les hauteurs.
– Comme les dieux sur l'Olympe.
– Ton chant s'élève et nous aussi.
– Considère-nous comme des alpinistes.
– Des ascensionnistes.
– Huautla de Jiménez, 1 934 mètres.
– Nous ne descendons plus.
– Ne supportons plus la plaine.
– Préférons les toits du monde.

– Supportons mal les descentes.
– Avec le psilo pas de descente, ou presque.
– Suivons les lignes de crête.
– Passons de chaîne en chaîne.
– Mont Olympe, 2 917 mètres.
– Enjambons les vallées.
– En bottes de sept lieues.
– Ne voyons plus les nuages que du dessus.
– Katmandou, 1 400 mètres.
– Des oiseaux perchés.
– Munis de guides de voyage.
– *Les Paradis artificiels.*
– *The Doors of perception.*
– Le *Bardo Thödol.*
– *Le Mont Analogue.*
– De la sierra passerons à la cordillère.
– De la cordillère sauterons jusqu'à l'Himalaya.
– D'Arica à Lhassa.
– Lhassa, 3 650 mètres.
– Et de l'Everest au mont Meru.
– Sur quelle montagne es-tu maintenant, Sabinita ?
– À quelle altitude ?
– Comment dit-on *high* en mazatèque ?

Jamais le ciel au-dessus de la sierra n'a été si peuplé.

Peuplé de dieux en tous genres. Il y avait déjà du monde, entre le seigneur des orages et la mère de la pluie, Jésus-Christ et les saints, entre la femme du grand tonnerre et le Chikon, seigneur de la montagne, descendant direct de Quetzalcóatl le serpent à plumes. Il y a maintenant Bouddha, Krishna et Rama, peut-être même Isis et Odin, et pourquoi pas Hécate, Déméter et Perséphone. On imagine tout là-haut, sur les chemins de crête, dans les replis des cumulonimbus, tous ces divins personnages qui se croisent, discutent courtoisement – le Chikon interrogeant Ganesh sur ses multiples bras, Krishna et Huitzilopochtli comparant le bleu de leurs peaux –, ou bien se demandent ce qui les amène ici, si loin de chez eux, sous cette pluie mexicaine qui n'en finit pas. On les imagine regarder en bas vers ces drôles de fidèles multicolores qui s'agitent dans la vallée, émettent çà et là leurs étranges signaux, quelque nuage d'encens, un accord de guitare, un rire flûté. Là-haut, que pensent-ils de tout ça ?

Aux avocatiers quelqu'un accroche des drapeaux de prières, et le paysage prend des airs d'Himalaya. Plus bas, près du fleuve, on verse un peu de café ou de whisky en libation à la Pachamama, et l'on entend résonner des *alléluias* et des *om mani padme hum*, des *jai guru deva om* et des *hare Krishna*, et toutes sortes de mantras de contrebande qui font se lever les sourcils autochtones.

C'est le soir. Huautla s'endort dans un grand brouhaha New Age.

L'heure bleue dans la sierra. Tout en haut d'une colline, pourtant, un point rouge qui brille à un mètre du sol. Ça bouge un peu, mais ça n'a rien d'une luciole. Ça s'éteint, se rallume, s'éteint. Une braise de cigarette.

Si l'on y voyait mieux, si le bleu du ciel de Huautla ne tournait pas maintenant au noir d'obsidienne, on verrait la marque, Chesterfield ou bien Gitanes, et au-dessus la fine moustache grise qui tressaille, parcourue de tics nerveux, comme celle d'un chat qui rêve. On verrait le ciel reflété sur les cheveux plaqués vers l'arrière à la brillantine et la raie sur le côté à la Clark Gable. On verrait le complet-veston à peine froissé, qui jure avec le paysage, et les boutons de manchette nous diraient que l'homme est assez riche pour l'acheter tout entier, ce paysage, toute la sierra qu'il a sous les yeux et le ciel qui va avec et les étoiles dedans.

Mais, pour l'heure, il ne pense pas à sa fortune. Il fume, fébrilement. Il tremble. Il a froid, ou bien peur. On dirait qu'il a vu le seigneur des orages. On dirait qu'il a pris la foudre. L'homme, ou plutôt le corps, est assis là, tremblant, mais l'esprit, sous l'effet de la psilocybine, a déjà déserté le complet-veston. Il nage là-haut, quelques mètres au-dessus, dans l'océan noir, et ce n'est pas de tout repos. Depuis quelques minutes des volutes roses et molles sont venues tournoyer sous ses yeux, grasses méduses sorties des bois pour convoler vers lui, puis se sont amassées, séparées, nouées entre elles jusqu'à dessiner les pattes, les oreilles, les trompes d'une poignée d'éléphants. Cinq ou six éléphants roses aux têtes grimaçantes, aux yeux noirs comme des trous, ont étiré devant lui leur corp élastique, allongé leur trompe et leurs pattes pareilles à des échasses à la Dalí, se sont mués en chameaux, en serpents, en nouveau-nés hurlant.

D'autres rejoignent maintenant la ronde autour de l'homme en flottaison. D'abord, une troupe de squelettes souriants et désarticulés, sortis d'un de ses plus vieux films et, aussitôt après, de gros champignons rouges maculés de rosée, puis d'innombrables balais portant des seaux d'eau, puis une foule de petits bonshommes aux têtes de canards chapeautées, une autre de souris en gants blancs à la voix stridente, et l'homme voit toutes les créatures de son empire de fiction apparaître les unes après les autres et se multiplier sans cesse, il les voit copuler en couinant, faire des petits par centaines, comme des lapins, à toute vitesse, des hybrides affreux qui grouillent et piaillent à ses pieds, lui grimpent dessus, alors il s'agite, se débat, redescend dans son complet-veston pour leur échapper, pour s'y cacher, mais les créatures entrent dans le costume par le bas du pantalon, par le col et les manches, se faufilent sous la chemise, s'accrochent aux pans de la veste, à la cravate, tirent sur les boutons de manchette, alors l'homme se lève et court.

Il court si vite sur ce flanc de colline qu'il effraie un hibou qui s'envole au-dessus de sa tête. Il n'aperçoit pas la flaque devant lui. Il fonce dessus. Pendant une fraction de seconde, il bascule en arrière, perd le contact du sol, son pied décolle. La séquence s'étire, elle passe au ralenti, les souris en gants blancs se décrochent du complet-veston, tombent dans le vide, gonflent des parachutes miniatures pour amortir leur plongeon et rient de leur voix de fausset, tandis que, dans la grande nuit mazatèque, Walt Disney pousse un long cri primal et retombe, les fesses dans la boue.

On dit ainsi que Walt Disney est passé par là, en autres vedettes : John Lennon, Bob Dylan, Jim Morrison. Jim Morrison ou bien Mick Jagger Keith Richards Cat Stevens. On ne sait pas trop. C'est qu'à l'époque on fabrique tous les jours des dieux, des demi-dieux, des idoles, on écrit leurs légendes, leurs tribulations et leurs révélations, les étapes de leur vie, comme celle de Siddhârta devenu Bouddha. On leur attribue tant d'amantes, autant que Krishna et ses seize mille épouses, on raconte tant et si bien tous leurs road trips et leurs *bad trips* qu'à la fin on ne distingue plus le vrai du faux. Il n'y a pas de traces. Pas de photo des Beatles posant à côté de María Sabina, pas de récit des Stones explorant la sierra. Si des reliques existent de quelque passage par Huautla – album dédicacé, bout de tissu indien, bottine croco –, elles sont restées cachées.

On dit que Lennon y a passé cinq jours, ou bien une nuit seulement, guidé par María Sabina, mais une nuit cauchemardesque, car les psilocybes lui ont fait voir sa mort. On ne sait pas s'il a vu le revolver .38 Special, les affreuses balles dum-dum, les cassettes répandues au sol ou bien l'arche du Dakota Building, sous laquelle il vacillera dix ans plus tard. Mais on dit que, de mémoire mazatèque, ce fut un des plus grands *bad trips* de la décennie. C'est un bruit qui court, une des légendes qu'on se refile dans le coin et qui ont remplacé les vieux mythes autochtones.

Ainsi, sur le passage de ces demi-dieux venus du nord, on ne sait rien de sûr. Peu importe, puisqu'on peut y croire. Puisqu'on n'a aucun mal à les imaginer eux aussi passer à Huautla, y arriver par les airs ou les chemins boueux, toquer chez María Sabina, baragouiner quelques mots d'espagnol ou, mieux, de mazatèque, lui offrir des fleurs, un disque, une chanson, et goûter enfin au champignon divin.

Aussi vénérés soient-ils de leur côté de la frontière, ces demi-dieux ne contrôlent pas encore le cycle des saisons. Ils n'ordonnent pas d'un simple geste la pousse des champignons. S'ils veulent goûter au Psilocybe, ils sont donc tenus de descendre dans la sierra mazatèque quand il pousse, quand il pleut, en même temps que les autres mortels, c'est-à-dire entre juin et septembre. Certes, il y a bien les champignons séchés, mais le trip est plus incertain.

Il y en a un, tout de même, qui peut se permettre de rendre visite à María Sabina un jour d'automne, quand il ne pleut plus, quand tous les *güeros* ont reflué vers le nord. Un jour des mois calmes, des mois secs. Lui, c'est un demi-dieu d'un autre genre. Ni rockstar ni magnat du cinéma, plutôt démiurge en blouse blanche, de ceux qui transforment la matière. Un homme de l'âge de Wasson, au crâne aussi lisse et nu qu'un champignon. C'est Albert Hofmann, le chimiste des laboratoires Sandoz, le découvreur du LSD, venu tout droit de Suisse jusqu'à Huautla. Or, Albert Hofmann n'a que faire des saisons, puisque, chez Sandoz, on n'a pas besoin de pluie pour sécréter de la psilocybine, on la reproduit à l'infini et par tous temps, été comme hiver.

Quand Hofmann atterrit à Huautla, la substance de synthèse circule peu, son usage est restreint, bientôt interdit, mais lui, le grand synthétiseur, a, bien sûr traversé sans peine les frontières avec un flacon de comprimés estampillé Sandoz dans sa valise. Wasson l'accompagne. C'est lui qui frappe à la porte et découvre une María Sabina au dos plus voûté, au regard moins vif que la dernière fois. De ce corps qui contenait tous les âges à la fois, la jeune fille s'est échappée pour de bon. Elle sourit tout de même, de ce sourire énigmatique et timide, inchangé, de ce même œil de sphinx, puis les fait entrer, s'excusant de ne pas avoir mis de l'ordre, car elle ne reçoit personne à ce moment de l'année, s'excusant aussi de ne pas avoir le moindre champignon à leur offrir, comprenez, ce n'est plus la saison. Wasson lui présente Hofmann, lui dit qu'il vient de la montagne lui aussi, d'un petit pays d'Europe aux montagnes plus hautes encore que la sierra mazatèque, et toujours enneigées. Il ajoute que Hofmann est un grand scientifique, qu'il a réussi à capturer l'esprit des champignons dans de simples pilules, qu'on peut les fabriquer partout et toute l'année. À ces mots, Hofmann sort de sa valise le flacon orange et dépose quelques comprimés de psilocybine dans la main de María Sabina qui reste silencieuse, fronce les sourcils, les fait rouler au creux de sa paume comme des dés qu'elle s'apprêterait à lancer. Des pilules, elle en a déjà vu, mais pas souvent. À chaque fois elles lui évoquent des graines. Elle pense que si les petites choses sont si spéciales, c'est parce qu'elles sont les seules à pousser sans graines. Et voilà maintenant dans sa main ces graines blanches qui ne germeront pas.

Puisqu'on lui dit que les pilules sont très exactement comme ses petites saintetés, qu'elles la feront chanter et parler à Dieu sans altération, qu'elles sauront soigner et répondre aux questions, María Sabina décide qu'il ne faut rien changer à la cérémonie. Alors cette nuit-là les pilules font d'étranges points d'un blanc immaculé au milieu du noir, des bruns, des ocres, au milieu des amandes de cacao et des grains de maïs, de la fumée de copal. Elle les a distribuées par paires, comme pour les champignons. Deux paires pour elle et sa fille, une paire pour Hofmann et Wasson. Le rite commence, immuable, mais il manque cette odeur de terre humide des champignons. On n'entend aucune bouche mastiquer, aucun estomac gronder, pas même la pluie qui tombe sur le toit. Juste un long silence chimique. Puis quelques soupirs, un ou deux gémissements, on croit entendre les esprits s'abîmer dans la nuit de synthèse. Plus tard que d'habitude surgit enfin la voix de María Sabina, ses mots parlés puis chantés, repris ensuite par la voix de sa fille. Alors qu'elle chante, elle revoit Nueva York et d'autres villes de verre. Des villes où s'étagent des milliers de vitres, d'un verre orangé transparent comme celui du flacon. Des villes éblouissantes et des cheveux clairs, d'interminables cheveux clairs pris entre les feuilles de verre.

À l'aube, elle dira à Hofmann que ses pilules contiennent bien l'esprit des petites choses, et Hofmann sera comblé. Il lui offrira le reste du flacon, qu'elle posera sur son meuble sans plus y toucher, à côté du vinyle et des articles de journaux, dans sa collection d'objets venus d'une autre planète.

À l'époque, bon nombre d'étrangers s'installent pour toute la saison, ou même une année entière. Ils logent à Huautla, à l'hôtel de doña Rosaura, ou bien dans des maisons près de l'aérodrome. Mais la plupart d'entre eux sont regroupés en dehors de la ville, au bord du fleuve, près du Pont de fer, là où la grande cascade ajoute à la brume ambiante, où l'on peut se cacher dans l'eau en suspension, où les champignons poussent en abondance. C'est un campement fragile, fait de branchages, de toiles tendues, de pontons flottants. Les *güeros* se glissent dans les crevasses de la paroi rocheuse, et peut-être ont-ils même aménagé une ou deux grottes pour s'abriter lorsque la pluie tombe trop fort. C'est à côté de leur campement que les gens de la sierra situent la grotte du Chato, le demi-Bouc, celui qui attire les hommes avec des promesses de fortune et les change en femmes pour les garder à jamais prisonnières. Sans doute que quelques-uns, trop champignonnés, s'y sont laissés prendre.

Peu importe que María Sabina fasse la morte, qu'elle n'ouvre plus sa porte à ses insatiables visiteurs, puisque dans la sierra tout le monde s'improvise désormais chamane. On dit qu'un lointain cousin de María Sabina prétend être son fils pour appâter le chaland. Sur sa porte, une pancarte dit : « *Have a trip with Catarino Pérez, first-class curandero! Son of the legendary priestess of the mushrooms.* » Tous les soirs, la maison de la vieille Carmela est pleine de touristes et de fumée de copal. Elle a développé, dans sa pièce de quatre mètres par trois, toute une pyrotechnie qui impressionne beaucoup les *güeros*, accompagnée d'incantations mazatèques sans queue ni tête. On dit qu'un certain Osiris García, un Chicano venu du Texas, fait salle comble lui aussi, et s'est spécialisé dans la mythologie, proposant aux visiteurs de trouver, grâce aux psilocybes, leur dieu aztèque intérieur.

Et puis un matin, près du marché, on découvre que les champignons sont à vendre sur des étals, à côté des tacos et des *tamales*, du mezcal, de la marihuana et des cigarettes. La chair des dieux, offerte en plein jour, pour trois pesos, à consommer sur place ou à emporter.

Dans la ville, ce matin-là, tout se détraque. Des *güeros* s'attroupent autour des stands de psilocybes, en achètent des sachets entiers, en gobent quelques-uns, puis vont s'asseoir sur la place du marché, au milieu des tas de café et d'avocats empilés sur le sol. L'un d'eux a apporté son pick-up et un vinyle. Sur la pochette, une grosse fleur jaune, et les visages des cinq Rolling Stones en guise de pétales.

Le disque démarre, et les premières notes du mellotron de Brian Jones résonnent, stoppant tout net les cris des vendeurs ambulants, les conversations des passants. Tous se taisent pour écouter ce son si bizarre de piano électrique, se tournent vers l'endroit d'où il a surgi, aperçoivent alors les *güeros* qui lentement se lèvent, les uns après les autres, font cercle autour du pick-up et se mettent à onduler en rythme, à fredonner par-dessus les chœurs suraigus, par-dessus la voix déformée, réverbérée, de Mick Jagger, une voix venue d'une autre galaxie qui dit *We love you.* Et les *güeros* maintenant chantent à tue-tête et se convulsent, se désarticulent, jouent les épileptiques.

We love you! crie tout sourire le gars du pick-up à l'assemblée mazatèque qui les regarde médusée. *We love you!* reprend une autre, en pleurs, possédée, comme sortie tout droit de la grotte du demi-Bouc, et c'est Jagger qui renchérit, *We forget the place we're in, 'cause we love you, we love you.*

Alors, tous répètent en chœur *We love you*, jusqu'à ce que le slogan se précise, que les déclarations d'amour fusent – *We love you, Gordon! We love you, Valentina! And Sabina! My heroina!* –, bientôt arrêtées par les coups de canne des vieilles Mazatèques qui, excédées par ce spectacle sidérant, hurlant plus fort que les Rolling Stones et les danseurs réunis, font déguerpir toute la troupe. Interrompus dans leur chant d'amour, essuyant une larme au coin de l'œil, les diables ont tout juste le temps d'embarquer le pick-up et le disque, avant de filer se réfugier tout en bas de la ville, dans leur repaire au bord du fleuve.

On les entend encore dans toute la vallée. Des rires, des bribes de chansons résonnent, des bruits d'eau. Ils flottent. Ils ont rassemblé des rondins, les ont attachés avec de la corde et maintenant, sur leur radeau amarré à un arbre, ils flottent. Se prélassent, un peu débraillés. C'est qu'il fait chaud, maintenant qu'il ne pleut plus. Ils flottent et rient, donc, fument beaucoup, plongent la main dans un panier d'osier rempli de champignons qu'ils portent à leur bouche et mâchent lentement, sans grimacer, arrosant chaque bouchée d'une rasade de soda ou d'alcool transparent. À mesure que leurs pouls se désynchronisent, ils s'affaissent un peu plus encore, laissent leur tête ballotter, leurs mains caresser la surface de l'eau, et tandis que la psilocybine galope le long des nerfs, ils semblent s'endormir dans un rêve sans fin.

De loin, on croirait voir *Le Radeau de La Méduse*, car cela a quelque chose d'un naufrage, bien qu'on n'y mange pas la chair des hommes, mais celle des dieux, excusez du peu. On les voit quelquefois se redresser pour battre l'air de leurs poings, pour applaudir ou brailler quelque chose, un slogan, un mantra, un *We love you!* ponctué de rires, et tout à coup on n'a plus sous les yeux la Méduse, mais *La Nef des fous* de Jérôme Bosch, avec, à la place du luth et des cerises, un banjo et des psilocybes. Une joyeuse nef des fous prête à larguer ses amarres et se laisser porter sur le río Tonto sans craindre les rapides ou les cascades, un drôle d'équipage accroché à son mât de cocagne, prêt à voguer sans voile jusqu'à Veracruz et dans toute la mer des Caraïbes pour y prêcher la psychédélie.

Depuis les hauteurs, les dieux mazatèques et leurs homologues regardent tout cela avec des yeux ronds. Ils ne sont pas les seuls. Au bord de la route de Teotitlán, le dos appuyé sur le flanc de sa Jeep, un homme en uniforme braque ses jumelles sur le petit radeau, sur les campements de fortune tout le long du fleuve et sur leurs occupants, plus ou moins dévêtus.

Partout ailleurs les regards se braquent aussi sur la jeunesse. Des regards noirs, inquiets. Ce qu'ils voient leur échappe. Les jeunes s'émancipent, font tout le contraire de leurs aînés, jouent une musique incompréhensible, refusent de servir leur pays au Vietnam. Ils s'intoxiquent, gobent du matin au soir toutes sortes de buvards, de pilules et d'idées subversives. Ça ne peut plus durer. Les médias, quant à eux, sont passés en dix ans de la fascination à l'anathème. Les champignons révélés par Wasson à toute l'Amérique en 1957 sont bel et bien magiques, mais il s'agit d'une magie noire, de celle qui rend les jeunes paresseux, vagabonds, voire fous à lier. L'expérience psychédélique mène au mieux à la bêtise, au pire à la violence contre soi et les autres. Cette chamane mexicaine dans sa cahute a tout d'une sorcière venimeuse. D'ailleurs, on ne s'étonne pas que tous types d'hallucinogènes poussent à même le sol au Mexique : n'est-ce pas là un pays corrompu, où la terre elle-même est perverse ? Les télévisions américaines ne tarissent plus d'avertissements sur le péril du LSD, et, dans *Paris Match*, on lit : « Parents, attention ! Le fléau arrive chez vous… » Au siège de la Food & Drug Administration, de vieux messieurs cravatés s'agitent et sortent les grands mots. Une lettre est envoyée à des centaines de directeurs d'universités pour faire part de la « menace ». En Californie, le gouverneur Ronald Reagan décide d'interdire l'usage du LSD, et peu à peu tous les autres États suivent. À son tour, la psilocybine devient illégale. Bientôt, le futur président Nixon va déclarer la guerre aux drogues et désigner Timothy Leary comme son ennemi juré.

Dans la sierra aussi, on s'inquiète. Le journal *Excélsior* fait paraître un reportage au titre grondant : « Invasion hippie à Huautla. » À Mexico, au ministère de l'Intérieur, des cravates s'agitent, jusqu'à ce qu'un combiné en bakélite soit finalement saisi par une main haut placée. L'index patiemment fait tourner le cadran, compose le numéro de la municipalité d'Oaxaca, puis de Huautla, tapote deux fois la cigarette pour en faire tomber la cendre avant de taper fort sur le bureau, en signe de fermeté. Ordre est donné d'expulser les hippies, *manu militari.*

Sur la piste qui mène à la ville, des avocats écrasés partout. En ce matin de septembre, après une nuit de tempête, c'est un vrai guacamole. Cela s'étale en nappes vertes et grasses, glissantes comme du savon. Et aussi des dizaines de scarabées que la pluie et le vent ont retournés sur le dos. Une morphologie très déséquilibrée, ces bêtes-là, avec leur lourde cuirasse dorsale, leurs pattes fines comme des brindilles. Incapables de se remettre sur pied, ils s'agitent depuis des heures, mais sans précipitation, en cadence, comme des automates. Si l'on était en Égypte, dans la vallée des Rois, vers l'an -1600, sans doute quelqu'un aurait-il vite fait de secourir ces insectes sacrés, dotés d'attributs solaires, de peur de voir s'installer le chaos absolu ou bien la nuit perpétuelle. Malheureusement pour eux, ce n'est pas l'Égypte ancienne, et à Huautla de Jiménez, en ce matin de septembre 1967, les scarabées retournés, on s'en contrefout. Surtout les policiers qui sont là, sur la route au milieu des scarabées et des avocats écrasés, avec leur cuirasse eux aussi. Les policiers qui sont comme de gros scarabées noirs et qui se tiennent là, debout, à fumer des cigarettes autour d'une bonne cinquantaine de jeunes gens assis par terre, un peu crasseux et ensommeillés. À en croire l'air satisfait des scarabées qui fument, leur coup de filet près du fleuve, en dessous du Pont de fer, s'est passé comme prévu, sans résistance majeure. Certains, plus agiles que les autres, ont fui dans la montagne en les voyant arriver, mais on les retrouvera tôt ou tard. Les derniers qui restaient en ville, à l'hôtel de doña Rosaura ou dans leurs maisons de fortune près de l'aérodrome, ont aussi été délogés.

On installe des barrages militaires sur la route de Huautla. On met la sierra sous cloche. En attendant d'affréter des bus pour ramener tout ce beau monde, en attendant de conduire les gringos jusqu'à la frontière et de faire passer aux Mexicains quelques jours en cellule à Oaxaca ou à Mexico, on rallume une cigarette, on appelle le ministère. On regarde de biais cette étrange tribu qui, au sortir du lit, n'a plus grand-chose de démoniaque.

Une gamine s'est échappée du groupe et se charge de remettre les scarabées sur leurs pattes. Avant de les reposer à l'endroit, elle leur donne à chacun un prénom, et très solennellement les salue. Alors, pendant de longues minutes sur cette piste, au beau milieu des avocats, on n'entend plus rien d'autre que sa petite voix qui dit : *Goodbye Henry, goodbye Antonio, goodbye Valeria...*

Alors, la police – mais les types en cravates de la fédérale, pas les gros scarabées noirs –, la police en profite, de ce grand coup de filet sur la sierra, pour perquisitionner chez María Sabina. Elle est assise à sa table occupée à boire son café du matin quand les trois cravates entrent sans frapper, sans essuyer leurs chaussures crottées, suivies par un interprète du coin. Le plus petit des trois, sans doute le chef, parle trop fort, et l'interprète traduit : *Señora* María Sabina Magdalena García, police fédérale, nous avons ordre d'inspecter votre maison. Ils posent les yeux sur le panier de champignons fraîchement récoltés, et l'un d'eux dit à María Sabina qu'on va la conduire jusqu'à Oaxaca pour être interrogée, comme tous ceux qui se consacrent à enivrer la jeunesse. Elle n'a pas le temps de répondre que déjà ils fouillent dans toute la pièce, tombent sur le pot de tabac San Pedro, lui demandent si ça se fume. Elle dit que non, qu'on frotte le tabac San Pedro sur les bras et les jambes des malades lors des cérémonies, ou bien qu'on en glisse une petite boule dans son sac quand on part en voyage, pour chasser les mauvais esprits. À ces mots, un des policiers siffle entre ses dents, puis inspecte son reflet dans le disque noir offert par Wasson, tandis qu'un autre lit les coupures de presse punaisées au mur qui parlent de María Sabina dans toutes les langues. Il appelle ses collègues, visiblement troublés de voir qu'on a tant écrit sur cette vieille folle, ils ne s'attendaient pas à entrer dans la maison d'une sommité mondialement connue. Comme il faut bien sévir pour garder une contenance, ils décrochent les bouts de journaux, emportent le vinyle, le pot de tabac et le flacon de comprimés, et font monter María Sabina dans le fourgon, direction Oaxaca.

Une fois dans les bureaux de la fédérale, on l'informe qu'elle est accusée d'attirer les jeunes gringos chez elle pour leur faire acheter ses champignons et fumer de la marihuana. Elle répond qu'elle est María Sabina la dame sans tache, celle qui regarde au-dedans avec des yeux propres, des yeux clairs, celle qui ne nage que dans les eaux pures, maudit soit celui qui ment ainsi sur son compte, que sa langue tombe en poussière pour avoir dit cela. On l'interroge pendant des heures, et María Sabina répond sans trembler. Le téléphone sonne, un appel de Huautla, et les questions cessent enfin.

Quand l'interprète chargé de la ramener chez elle part chercher sa voiture, elle demande où sont ses articles de journaux, son disque et tout le reste. De l'autre côté du bureau, on fait mine de ne pas comprendre.

La sierra, on l'a dit, est un pays de pluie. La moitié de l'année, on y vit à la nage. Ce qui n'empêche pas le feu de s'inviter parfois dans le paysage. Et, un beau jour, de dévorer la maison de María Sabina.

Comme elle est partie ce jour-là vendre des bougies et du pain dans les villages voisins, elle ne voit pas les flammes, seulement la cendre. Un tas gris fumant, c'est tout ce qu'il reste lorsqu'elle rentre le soir. De ses quatre murs de bois et de son toit de chaume, il ne reste rien. Rien de ses meubles et de ses *huipils*, du maïs, du tabac et de l'eau-de-vie, des champignons séchés, du petit Jésus et des chérubins qui depuis leur image pieuse assistaient à toutes les cérémonies.

Parmi les voisins de la colline, personne n'a su arrêter l'incendie. Dans la ville, on murmure ici et là que le feu a parfois ses raisons. Certains voient d'un mauvais œil les affaires nocturnes de María Sabina, les trouvent arriérées, menaçantes, ils espèrent en secret que l'incendie aura fait disparaître ces pratiques sorcières. D'autres prétendent qu'elle est punie pour avoir trop parlé, pour avoir révélé le secret des champignons aux étrangers, pour avoir vendu ses services. Levé le silence des ancêtres, les siècles de silence enfoui. Avant l'arrivée des *güeros*, personne ne parlait à voix haute des petites choses de María Sabina, c'était très bien ainsi. Leur nom occulte était imprononcé, intact. Maintenant, on l'entend comme un écho dans les rues de la ville, en mazatèque, en espagnol et même en anglais. Les petites choses, les cérémonies, tout a été documenté, photographié. Le champignon divin a quitté la sierra dans les valises des Wasson. Les chimistes ont percé à jour son pouvoir, l'ont fait molécule, transformé en pilules. Les chevelus, pour finir, ont tout dévoré, tout souillé.

À tout cela, il faut bien une coupable, un châtiment. D'ailleurs, on dit que cette coupable a empoché des fortunes pour ce désastre. Alors, le feu, parce qu'il est beau et terrifiant, qu'il détruit vite et bien. Qu'il efface la souillure, brûle les pesos qu'elle a peut-être amassés chez elle. On pourra toujours dire que c'est le feu du ciel, qu'on n'y est pour rien, que les dieux seuls ont puni. Le feu, parce qu'il n'y a pas de sorcière sans bûcher.

Face aux décombres fumants, María Sabina cherche de la main la liasse de billets cachée dans ses jupes, intacte. Elle sait maintenant à quoi servira ce petit rouleau de papier sale. À reconstruire sa maison avec des murs en terre. À couper le feu.

Gordon Wasson a vieilli, ses cheveux sont blancs, son visage de Gary Cooper s'est affaissé. Son cœur aussi s'est un peu racorni. Il n'y a plus Tina pour faire tourner Tchaïkovski sur la platine stéréo, pour mettre des jonquilles ou des tulipes dans les vases et de l'eau dans son vin. Plus Tina pour le traiter de vieux moujik quand il porte son chandail troué.

Masha vient le voir toutes les semaines dans sa jolie maison de Danbury, Connecticut, à deux heures de route de New York. Elle lui parle de son travail à l'hôpital, et Gordon mesure à quel point elle a hérité de Tina sa passion pour le soin. Il lui parle des avancées de ses recherches, s'extasie devant l'image d'une pierre gravée ou un paragraphe du *Rig-Véda* qu'il vient de redécouvrir. Parfois, lorsqu'il reçoit la visite d'un collègue mycologue et que l'envie lui prend de se remémorer les effets de la psilocybine, il demande à sa fille infirmière de superviser leur test. Masha fait donc de temps en temps l'expérience rare d'ausculter son propre père en plein trip depuis le fauteuil en velours du salon. Elle examine son pouls, ses pupilles dilatées, lui éponge le front, prend des notes sur les visions qu'il lui décrit depuis l'autre côté, et souvent jette un œil à sa mère qui, depuis la photo encadrée sur la commode, sourit à cette scène familiale un peu loufoque, typiquement wassonienne.

Mais, entre chaque passage de Masha, la maison replonge dans le silence. Gordon le doux dingue redevient l'austère chercheur dans sa bibliothèque. Comme il n'y a plus de jonquilles dans les vases, comme il n'y a plus de « Valse des fleurs » sur le tourne-disque, il supporte mal la profusion florale de son époque, toutes ces fleurs dans les cheveux et sur les tissus imprimés de ces hippies qu'il aperçoit parfois dans les rues, et dont on lui dit qu'ils ont envahi Huautla, avant d'être expulsés. Il peste contre ces évaporés qui feraient mieux de reprendre leurs études là où ils les ont laissées, ces touristes chamaniques dévoués au grand hurluberlu en chef Timothy Leary, ces junkies qui prennent leurs trips pour des miracles et leur plaisir pour une révolution.

En réaction à la fantaisie multicolore de la nouvelle génération, à ces fleurs qui leur poussent comme des boutons d'acné, il ne choisit plus dans son dressing que les vêtements aux couleurs les plus fades, celles de ses champignons adorés. Il prend soin d'assortir le complet beige cèpe avec la cravate brun bolet, le gilet petit-gris ou le blanc pleurote, et même ce chapeau, élégant mais un peu mou, qui rappelle discrètement, pour les plus mycophiles, la forme d'un lactaire vieillissant.

Voilà donc que Gordon, imperceptiblement, se change en champignon. D'ailleurs, il ne pense plus qu'à cela, comme si son esprit lui-même avait été champignonné, parasité par un étrange *Cordyceps*.

María Sabina ne revoit la police – Dieu l'en préserve – qu'une seule fois, lors d'une vision nocturne. La vieille Leocadia est venue la trouver. Elle s'inquiète pour son petit-fils Manuel parti étudier à Mexico. On lui dit qu'il y a de l'agitation là-bas, que les étudiants s'organisent contre le gouvernement du président Díaz Ordaz, qu'ils sont sortis des universités et appellent les travailleurs à manifester avec eux. Voilà des semaines que Manuel ne lui écrit plus. Elle est venue prendre de ses nouvelles grâce aux petites choses.

Le crépuscule est plus austère encore dans la nouvelle maison de la chamane. Elle n'a presque rien installé à l'intérieur, juste une table et une petite commode, quelques nattes au sol. L'odeur de la terre crue des murs, fraîchement rebâtis et blanchis à la chaux, se mêle à celle des champignons, en tas dans le panier posé sur la table. La pièce de María Sabina est devenue une caverne, presque un caveau lorsque le jour décline.

Ce soir-là, Leocadia s'est chargée de faire brûler le copal et d'allumer quelques bougies. En plus d'un bouquet de glaïeuls, elle a apporté une photo de son petit-fils et une image de saint Joseph de Cupertino, protecteur des étudiants, qu'elle embrasse au moment où María Sabina, agenouillée en face d'elle de l'autre côté de la table, entame la cérémonie et porte à sa bouche les premières paires de champignons.

Deux ou trois questions sur Manuel suffisent pour que les enfants saints lui montrent un grand tumulte. Elle reconnaît la grande place du Zócalo et le Palais national, qu'elle a vus un jour dans un livre, mais, au lieu de l'immense drapeau national accroché au mât au milieu de la place, flotte un drapeau rouge et noir. Puis elle entend les clameurs, les chants, les mots indistincts scandés par une foule, sur une autre place qu'elle ne connaît pas, où se dresse, à côté d'une église, une très vieille pyramide de pierres noires. La foule couvre toute la place, la déborde, s'agite. Malgré la nuit tombée sur la ville, María Sabina distingue des sourires, des regards graves, inquiets, des visages mazatèques, et parmi eux celui de Manuel, au pied de la pyramide.

L'espace d'un instant, les petites choses ne lui montrent plus que des mains. Les mains de Manuel qui tiennent une banderole, et sur cette banderole des phrases qu'elle ne sait pas lire, des mains tendues, les doigts en V, et d'autres qui se joignent, se serrent, applaudissent, et soudain des mains gantées de blanc qui dégainent des pistolets, une quinzaine de mains blanches d'hommes en civil qui, au milieu de la foule, braquent leurs pistolets sur les étudiants. La vision se trouble, s'accélère. María Sabina cherche à la décrire à Leocadia, mais elle manque de mots pour désigner ce qu'elle voit, pour nommer ces chars de la police, ces deux flammes rouges qui s'élèvent soudain en sifflant dans le ciel et illuminent la foule pendant quelques secondes. Elle entend des coups de feu, et aussitôt après, les enfants saints qui hurlent, ou bien ce sont les cris des jeunes sur la place qui se dispersent en courant, traversent à toute vitesse l'esplanade déjà tachée de sang, survolés trop bas par des hélicoptères depuis lesquels d'autres mains pointent vers eux des armes plus longues encore. Avant que la vision ne s'estompe, María Sabina aperçoit Manuel qui s'échappe de la place et s'enfonce dans la nuit. Elle dit à Leocadia que son petit-fils est en vie, en sécurité quelque part à Mexico, qu'il a réchappé à l'enfer d'une grande place, mais déjà la scène devant ses yeux a changé.

Plus loin, dans une autre foule de la même ville, au milieu d'un stade, elle voit deux hommes noirs sur une estrade lever au ciel des poings gantés de noir, au pied d'un drapeau orné d'anneaux multicolores. Elle revoit le drapeau rouge et noir décroché sur le Zócalo, mis à terre et piétiné, mais tout est si confus, les petites choses s'emballent, les visions de foules se succèdent trop vite, des multitudes de jeunes gens dispersés par des fusils dans des villes inconnues, au milieu de l'épaisse fumée qui s'élève des flammes, et tout s'obscurcit, elle ne voit plus rien, à cause de la fumée, de l'effroi.

– Laisse-nous entrer, Sabina.
– La police est partout.
– Des militaires jusque dans tes montagnes.
– Partout des services d'ordre.
– Sur la route de Teotitlán.
– Dans toutes les rues de Mexico.
– Sur la place de Tlatelolco, un massacre, le sais-tu ?
– Là où un autre massacre avait eu lieu, quatre siècles plus tôt.
– La grande remise au pas.
– Même Huautla est bouclé.
– Nous avons pris des chemins de traverse.
– Des chemins de contrebandiers.
– Pris le maquis.
– Pas de police dans le monde de María Sabina.
– Pas de police dans le monde des petites choses.
– Plus de barrage routier quand on est de l'autre côté.
– Un voyage sans checkpoints.
– Sans pièce d'identité.
– On a évité les *cops* et les glissements de terrain.
– C'est vrai, ta terre glisse.

– Se change en boue.
– Ton pays dérape.
– Les routes s'effondrent.
– Comme pour nous empêcher un peu plus.
– Mais nous voici.
– Nous n'avons pas démérité.
– Juste après Tlatelolco, j'ai quitté la ville et son odeur de sang.
– Et moi, je n'ai pas quitté la sierra. Je me suis échappé quand ils sont venus nous chasser du fleuve. Combien de semaines ai-je passées là-haut, à manger des racines, à dormir dans des grottes ?
– Nous revenons d'une grande fête.
– Altamont. Une grande cérémonie sous le soleil de la côte Ouest.
– Mick Jagger comme chamane en chef.
– Ça a mal tourné.
– Le service d'ordre, les motos, les queues de billard. Des armes partout.
– Des armes et de la chimie. LSD, speed, Fentanyl.
– Vesparax et rhum blanc.
– On en parlera encore dans cinquante ans, comme de la fin d'un rêve.
– María Sabina, cette fois nous venons pour être soignés.
– Pour panser nos plaies.
– Pour poser des questions.
– Des questions sur notre sort.
– Sur la jeunesse des sixties.
– Sabinita, grand-mère, ne vois-tu rien venir ?
– Sois notre oracle.

– Notre psilo-sibylle.
– Vois-tu autre chose que le soleil qui poudroie ?
– Que l'herbe qui verdoie ?
– Cette nuit, tu consulteras les champignons.
– Nous serons à tes côtés.
– Nous serons sages.
– Pas comme avant.
– Pas comme quand tout a dérapé.
– Quand ta rue a été rebaptisée.
– Quand on l'a appelée *Freak Street*, comme à Katmandou.
– La rue des monstres.
– C'est vrai, nous avons fait sortir nos monstres.
– Et les avons promenés dans tes rues.
– Dans toute ta sierra.
– Nous avons divagué.
– Mangé tes petites choses sans le mode d'emploi.
– Joué les *day trippers.*
– Exhibé nos trips en plein jour.
– Vomi nos tripes en plein centre.
– Balayé la foule de nos pupilles de chats.
– Miaulé sur tous les toits.
– Poussé tous les cris primaux.
– Nous avons fait désordre.
– Certains se sont perdus dans la sierra.
– Moi je suis revenu, d'autres non.
– D'autres sont restés en orbite.
– *One way ticket.*
– Nous avons dérapé.
– Mais vois-tu personne ne nous a dit.
– Respectez la posologie.

– Respectez les doses prescrites.
– Par votre chamane agréée.
– Mais ça n'arrivera plus.
– Promis.
– Ouvre-nous, grand-mère Sabinita.
– Nous serons sages.
– Il n'y a plus que nous.
– Nous n'avons pas trouvé les psilos près du fleuve.
– On dit que tu en as chez toi.
– Que tu as tes coins secrets.
– Ouvre-nous, juste pour cette nuit.
– Il fait trop noir et nous avons trop de questions.
– Ta montagne est austère, mais ton champignon aime le luxe.
– Il nous fera dormir à Versailles.
– Dans la grande Tenochtitlán.
– Au pays des merveilles.
– Loin des villes, loin des *cops*.
– *Anywhere out of the world.*
– Et nous aurons à nouveau les pupilles noires.
– Nous serons des chats sauvages.
– Comme des chats sauvages nous repartirons.
– Et comme des oiseaux migrateurs nous reviendrons.
– À chaque saison des pluies.

Elle les écoute mais ne les comprend plus. Ce sont toujours les mêmes, avec ce petit pied frêle, ce chapeau qui change de couleur après la pluie, cette odeur de terre, ce goût de rance. Pourtant, María Sabina ne comprend plus un traître mot de ce que lui disent les petites choses. Elle a d'abord pensé à un oubli dans le rituel, une parole de travers, un problème de dosage. Elle a tout examiné. Mais non, rien n'a changé dans ses manières de faire. Ses gestes sont les mêmes qu'il y a trente ans, les mêmes qu'il y a trois siècles. Elle a tout examiné. Le copal, les grains de cacao, la cire des bougies, le blanc des glaïeuls. Et puis, elle a compris. Les petites choses ne parlent plus mazatèque, elles parlent anglais.

C'est la tempête au-dessus de la côte Est. Un ouragan tropical venu de l'Atlantique Sud, et déjà baptisé d'un doux prénom féminin, Irma, Karen ou bien Carlotta. La pluie qui s'abat en rafales sur les fenêtres de sa maison confirme au maître des lieux sa joie d'être au chaud parmi ses livres, comme dans un Nautilus.

Dans ses costumes beige champignon, Gordon Wasson ne cesse pas d'écrire. Il passe sa vie dans les livres, se perd dans des histoires mycologiques plus anciennes encore que celle des Mazatèques, des histoires de la Grèce et de l'Inde antiques. Il échange par courrier avec de nombreux chercheurs, bataille sans relâche avec ses contradicteurs, prépare des conférences. Dans la bibliothèque, on aperçoit les dix-sept tomes de textes et gravures de l'*Encyclopédie* de Diderot et d'Alembert, sans doute une première édition, achetée pour quelques milliers de dollars. Sur le vaste bureau, à côté d'un champignon en pierre sculptée préhispanique, le plus récent ouvrage de Wasson, *Soma. Divine Mushroom of Immortality*.

C'est un grand format relié en maroquin bleu nuit, au dos frappé de caractères dorés, aux pages dorées sur tranche, protégées par un coffret de vélin teinté du même bleu nuit. Un vélin très doux, satiné, que Wasson caresse du bout des doigts sans y penser. Un objet de luxe, tiré à quelques centaines d'exemplaires à peine, fabriqué à la main par un imprimeur de Vérone. Wasson, au moins autant que le grand air, aime les belles matières. Le déluge, les chaussures trempées, l'estomac qui se tord, il connaît tout cela, mais aussi les beaux cuirs, les velours, les whiskys doux comme du velours ou comme des vélins. Wasson l'aventurier doré sur tranche.

Il se tient loin des *paperbacks* qui inondent l'Amérique, des rotatives tournant à plein régime, loin du méchant papier journal, celui qui noircit les doigts, celui du magazine *Life*. Depuis que son reportage est tombé entre toutes les mains, a noirci les doigts de la moitié de l'Amérique, depuis que tout le monde connaît Huautla. Et maintenant la police fédérale qui sillonne la vallée. On lui dit aussi que María Sabina a perdu la tête, qu'elle parle sans cesse de l'argent qu'on lui vole, de l'argent qu'il lui doit. Tout un terrain de recherche foutu, se dit-il, et cette pensée lui fait une pointe à l'estomac. Alors, depuis *Life*, il a tourné le dos au papier journal. Il tient à publier chacun de ses livres dans une première édition de luxe offerte aux amis et vendue à quelques *happy few*, collectionneurs et initiés. Le premier, coécrit avec Tina, valait plus de cent dollars à sa sortie. Le prochain, sur les cérémonies de Huautla, sera plus cher encore, avec son motif mazatèque tissé sur la couverture et ses quatre disques 33 tours pour écouter les chants de María Sabina.

Étranges opérations qui font que des voyages à dos de mulet, des nuits de frissons et de nausées, des nuits de visions sur la terre battue sous un toit de chaume qui goutte, des villages de mains calleuses et de bouches édentées, de bouches illettrées, étranges opérations qui font que tout cela se retrouve capturé dans des coffrets satinés nuit et or, rangé dans des bibliothèques en acajou. Des bibliothèques comme celle du Century Club, où Wasson passe encore pas mal de son temps, fidèle parmi les fidèles. S'il a depuis longtemps cédé sa place de vice-président chez J.P. Morgan & Company, il suit toujours la marche des affaires à New York, s'y fait conduire par son chauffeur, regarde la ville d'en haut, navigue parmi les grands de ce monde. Sfumato des cigares, tintement des whiskys. Malgré ses cheveux blancs, Wasson reste un homme d'influence, un *centurion*.

Mais, pour l'heure, ce n'est pas la fourmilière new-yorkaise qu'il regarde depuis le Century, c'est le ciel déchaîné au-dessus de Danbury. Il a quitté des yeux la machine à écrire et son courrier pour Harvard, s'est resservi une tasse de thé, et fixe maintenant le paysage essoré par l'ouragan, les trombes d'eau qui s'abattent sur la baie vitrée, les feuilles, les branches d'arbres qui traversent le ciel à toute vitesse. Un ciel qui peu à peu se teinte de jaune, de vert, déroule des clairs-obscurs outranciers, pousse des nuages veinés de phosphènes s'entrouvrant sur des abîmes insoupçonnés. Un ciel d'apocalypse, aux couleurs saturées, comme ceux du Greco au-dessus de Tolède. Wasson prend une profonde inspiration, expire, vide à petites gorgées sa tasse de thé, et ferme les yeux pour calmer la vision baroque déclenchée par le comprimé de psilocybine qu'il vient d'avaler. À tâtons, sans rouvrir les yeux, il trouve la direction de son divan, s'y allonge et s'endort.

Depuis son divan, il vient d'arriver dans la sierra. L'avion n'était pas le petit coucou habituel, plutôt un gros Boeing, modèle 747 flambant neuf, qui s'est posé en douceur sur l'immense piste d'atterrissage construite sur l'ancien lit du fleuve, en contrebas de Huautla. Immobile sur une marche de l'escalier mécanique qui mène les passagers au centre de la ville, Wasson glisse lentement vers les hauteurs en observant le paysage, entièrement redessiné par les équipes de Walt Disney « pour mettre l'accent sur la magie ancestrale qui fait battre le cœur de la vallée », comme le précise le dépliant qu'il a déjà en main. Une fois en haut, un grand panneau coloré l'accueille : « *Welcome to Huautla Wonderland! The Greatest Hallucinogenic Center in the Wild South!* » Sur la place centrale, des haut-parleurs cachés dans les avocatiers diffusent les chansons du dessin animé *Magic mushrooms!* sorti des studios Disney deux ans plus tôt. Sur la colline à droite, Wasson reconnaît le chemin vers la maison-musée de María Sabina, ponctué par les stands de tacos, de tequila et de mezcal.

À gauche, l'entrée pour Adventureland, un grand parcours en locomotive à travers la forêt mazatèque, « où les visiteurs devront survivre aux coulées de boue et affronter le seigneur des orages et la mère de la pluie ».

L'instant d'après, Wasson a franchi un tourniquet. Il est entré sous un immense dôme en forme de champignon rouge et blanc qui accueille Holyland – « espace œcuménique, pour se ressourcer et retrouver le divin en soi (ouvert à tous à partir de 12 ans) ». Il y a là, partout autour de lui, d'épais tapis et de grands coussins où sont affalés des centaines de visiteurs. Parmi eux, des hôtesses mazatèques passent, vêtues de *huipils* traditionnels et de chapeaux-champignons, portant des plateaux chargés de buvards multicolores, de verres d'ayahuasca-soda, de boutons de peyotl et de psilocybes enrobés de caramel.

Au milieu du grand dôme, un homme joue de la cithare, entouré par quelques personnes qui dansent malgré les tubes de perfusion intraveineuse qui entravent leurs mouvements. Sur les poches en plastique transparentes suspendues à côté d'eux, Wasson lit « *Lysergic acid diethylamide* », « DMT », « *Psilocybin* ». Le joueur de cithare s'est approché et a maintenant pris les traits d'Albert Hofmann. Il lui tend quelques comprimés aux couleurs pop dans une feuille de bananier et dit : Wasson ! Où étiez-vous passé ? Notre chère María Sabina vous attend pour préparer la grande cérémonie de ce soir, cinq mille participants attendus !

Wasson s'est réveillé en sursaut, trempé de sueur. Dehors, au-dessus de Danbury, la tempête est passée.

À cent kilomètres de là, dans Manhattan, sur la façade du prestigieux Carnegie Hall, on a déjà fixé les affiches du prochain spectacle à venir. Cela s'appelle *María Sabina – A Symphonic Tragedy.* Musique : Leonardo Balada. Texte : Camilo José Cela. On est au début de 1970, et dans quelques semaines aura lieu la première. Entrant sur l'immense scène, devant des centaines de spectateurs, un premier acteur déclamera : « L'ange María Sabina est né / Et ils l'ont condamné à la potence / En vain coulèrent les larmes / de Valentina Pavlovna Wasson. » L'actrice portoricaine María Soledad Romero entrera à son tour pour jouer María Sabina et affronter le chœur des habitants de Huautla, bien décidés à la pendre pour sorcellerie. Le chœur dira son amour et sa haine de la chamane, et confirmera sa sentence, pressant le bourreau de s'exécuter. Le bourreau arrivera enfin, demandera pardon à María Sabina et la pendra.

À la fin du spectacle, on dira que la performance de Miss Romero était incroyable, ou bien que la musique était trop forte, on vantera l'acoustique toujours aussi irréprochable du Carnegie Hall, on médira sur ces textes expérimentaux qu'on nous sert à toutes les sauces, on aura trouvé le personnage de María Sabina étrange ou déchirant. On dira tout cela, comme on parlerait de *Carmen* ou bien de *Lakmé*, sans même savoir que la vraie María Sabina vit toujours, dans une maison en terre plus petite que la plus petite des loges du Carnegie. On ne saura rien d'elle, ou bien une ligne à peine dans le programme – « *a character inspired by a Mexican priestess of the hallucinatory mushrooms* ». Mais comme on sera loin, sur ce bout de trottoir de la Septième avenue, dans la lumière des néons, dans la fumée des cigarettes, comme on sera loin de la sierra mazatèque, de ses montagnes vert tendre et de sa pluie qui n'a de cesse, comme on sera loin des pupilles dilatées et des cœurs asynchrones.

Quelle heure sera-t-il à Huautla lorsque María Sabina arrivera sur scène le premier soir ? Que fera-t-elle, l'autre Sabina, la vraie ? Sera-t-elle déjà couchée, ou bien en train de cuisiner, de cueillir des champignons ? Elle ne se doutera pas qu'elle est devenue un personnage de tragédie musicale d'avant-garde que des centaines de New-Yorkais découvrent chaque soir au Carnegie Hall. Elle n'en saura probablement jamais rien.

Qu'arrive-t-il aux vivants que l'on fait mourir sur scène ? Sentent-ils quelque chose au moment de leur trépas fictif, un léger vertige, un battement de cœur en moins ? Ont-ils l'impression d'avoir perdu un petit bout d'eux-mêmes, de ne plus mener ensuite qu'une demi-vie ? Les cas ne sont pas légion, sans doute, mais María Sabina est de ceux-là. Elle meurt une première fois sur les planches en 1970, tous les soirs à vingt-deux heures pendant une semaine ou deux, mais elle a encore quinze ans à vivre dans sa montagne.

Peut-être est-elle descendue au fleuve en bas de la ville pour se rafraîchir, pour tresser les cheveux des jeunes filles. Elle est assise sur la rive, elle ne se baigne pas dans l'eau mais dans l'éternelle fumée d'une cigarette, une américaine oubliée par Wasson lors d'un lointain passage. Il ne vient plus, Wasson, depuis belle lurette. On dit qu'il s'intéresse à d'autres continents qu'elle ignore, ou dont les contours vagues lui sont apparus au cours de certaines nuits, lorsque les petites choses avaient l'humeur géographe.

C'est une belle soirée. Le soleil se prend dans les feuillages et la fumée, ricoche à la surface de l'eau vive, éclate sur les couleurs de son *huipil*. C'est une belle soirée, c'est un beau tissu, mais María Sabina a l'air plus petite. Elle est un peu rabougrie, comme une fleur séchée. Ses lèvres ont presque disparu, retroussées sur une absence de dents. Elle parle moins maintenant, sa bouche édentée lui fait un peu honte. Elle n'a de toute façon plus grand monde à qui parler. Depuis la rive, elle observe les jeunes filles de la ville qui se baignent, leur corps souple, les tresses qui flottent à la surface, dessinant des serpents d'eau près de leurs têtes. Elles rient, les jeunes filles, elles jouent à s'éclabousser et rient beaucoup. Elles parlent. Qu'est-ce qu'elles parlent ! La jeune génération ne sait plus se taire. Mais María Sabina ne les entend pas. Elle n'entend qu'un grand silence. Celui des petites choses, des petits saints. Car les petites choses aussi se sont tues. Elles lui ont parlé en anglais, d'abord. Ensuite, leurs voix d'angelots sont devenues des grésillements très faibles, à peine perceptibles, comme le bruit d'un poste de radio à n'importe quel endroit de la sierra. Comme la langue d'une autre planète, indéchiffrable. Ça a duré quelques jours, et puis elles se sont tues. Plus rien. Aphones, les petits enfants de chœur qu'elle aimait tant.

Avant de quitter la rive, elle jette un dernier regard aux jeunes bavardes qui sortent de l'eau. Aucune n'a le don. Elle était la dernière. Elle le sait, elle l'a senti en leur tressant les cheveux. Ses filles à elle non plus, ni Aurora ni Apolonia, parties si loin de la sierra. Sa nièce, peut-être. Oui, peut-être sa nièce, mais elle est encore trop jeune, ce n'est pas certain. Et quand bien même, don ou pas, que ferait-elle de champignons muets ?

Tandis qu'elle meurt sur scène le soir à New York, à Huautla María Sabina vit encore. Une vie en sourdine, une vie muette, elle aussi. Elle ne chante plus. Oracle éteinte, elle ne prédit plus que le temps du lendemain en se fiant aux nuages, et se trompe parfois, comme tout le monde. Elle qui connaissait tous les noms de Dieu, tous les noms des saints, elle oublie les prénoms de ses voisins. Elle qui pouvait voir au-dedans, au-delà, déplier des régions infinies, voilà qu'elle n'a plus que ses yeux myopes et ses dix doigts pour compter les poules. Pour compter ses pesos, qui ne sont pas infinis. Elle a bien un billet de cinquante pesos chez elle, mais le visage de son cher Benito Juárez est imprimé dessus, alors elle l'a punaisé au mur, comme la photo d'un grand-oncle adoré.

De temps en temps, sur le versant qui surplombe le fleuve, quelques *güeros* isolés glissent entre les arbres, furtifs, suivant un chamane ou fuyant la police. On ne les perçoit qu'au remuement des feuilles, à un manche de guitare qui dépasse – une fraction de seconde l'éclat d'un bijou.

Plus haut encore, au sommet de la sierra, les dieux exotiques sont repartis, à Katmandou ou ailleurs, lassés de la pluie. Les dieux mazatèques, eux, sont toujours là, dans leurs guérites de sentinelles. Ils sont un peu rabougris, comme María Sabina, leur peau plus claire qu'avant, presque translucide.

Au matin du 7 mars 1970, ça s'agite dans la sierra de Miahuatlán, à deux cents kilomètres au sud de Huautla. Sur la place centrale, dans les rues, sur les terrains vagues aux environs de la ville, partout on trépigne. On se prépare à quelque chose de grand, mais il n'y a rien à faire. Juste être prêts quand ça arrivera. Et ça arrivera à l'heure prévue, sans une seconde de retard, pas de doute à avoir. Des visiteurs de tout le pays émergent de leur voiture, de leur caravane, se servent du café sorti des thermos. Ils ont laissé les portières ouvertes. Les autoradios allumés font naître un léger brouhaha dans la vallée. Une tribu de hippies chassés de Huautla a déplié sur l'herbe encore humide un grand tapis de laine et s'y est allongée, le nez au ciel. Ils comptaient descendre d'une traite jusqu'à Puerto Escondido pour aller surfer, mais Miahuatlán était sur la route, alors il n'était pas question de rater ça. Non loin, des étudiants de la faculté de sciences de Guadalajara, un peu poseurs malgré les heures de voyage en car, fument en débattant de la relativité, tandis qu'à côté d'eux leurs professeurs déplient des télescopes.

Les enfants du coin courent partout, excités. Ils ont bien compris que quelque chose allait se passer mais n'ont pas saisi quoi. Les petites vieilles sur leur chaise pliante, leurs aiguilles à tricoter entre les mains pour patienter, les houspillent en zapotèque quand ils passent près d'elles. La télévision est là aussi – ce n'est pas tous les jours – avec un présentateur connu pour ses émissions sur l'espace et les extraterrestres. Le maire, devant la caméra, dit que c'est un grand honneur pour sa commune, même s'il n'y est pour rien, puis sourit bêtement. Tout le monde est prêt.

Alors, ça commence. On entend des cris de stupeur, d'excitation. Les adultes sont redevenus des gamins. On a raté la première seconde parce qu'on regardait sa montre, impatient, parce qu'on regardait ailleurs, mais ça y est, on met devant ses yeux les lunettes en carton et l'on voit ce qu'on attendait depuis le matin, le disque solaire petit à petit mangé par l'ombre de la Lune qui lui passe devant. L'éclipse était visible depuis quelques heures dans le Pacifique, elle franchit maintenant l'isthme de Tehuantepec, traversera le golfe du Mexique, longera la côte Est des États-Unis pour aller mourir dans l'Atlantique Nord. Il faut faire vite, il n'y a pas beaucoup de temps. Le lieu terrestre où l'éclipse totale sera la plus longue, c'est ici, à Miahuatlán. Deux minutes trente sans soleil.

Déjà la Lune l'a fait disparaître à moitié. La lumière a faibli sur la vallée. Une petite vieille fait le signe de croix, quelques-uns autour d'elle l'imitent discrètement. On se fait passer les lunettes en carton offertes avec le journal ou bien, faute de lunettes, les masques de soudure. On commente l'avancée de la Lune comme on parlerait de celle d'un ballon rond à travers un terrain, on s'étonne qu'un astre puisse se mouvoir aussi vite. Dans les maisons, certains se sont claquemurés avec leurs enfants pour ne pas s'exposer aux redoutables rayons noirs. D'autres chantent de très vieilles berceuses pour se rassurer. D'autres encore font l'amour chez eux en regardant par la fenêtre le ciel s'assombrir, tandis que sur leur coin d'herbe caché, les hippies commencent à se déshabiller pour prendre un bain d'éclipse. Ils ont posé près d'eux un petit sac de psilocybes séchés, obtenus à grand-peine. D'ici quelques mois, l'usage et le commerce des champignons sacrés, et d'ailleurs de toute substance hallucinogène, seront définitivement interdits dans tout le pays.

Le soleil est noir désormais, escamoté, à peine cerclé par sa propre lumière. La nuit tombe avec le froid. Sur l'horizon s'élève une frange claire, on croirait qu'un autre soleil est sur le point de se lever mais de tous côtés, pas seulement à l'est. Les voitures allument leurs phares. On baisse un peu la radio, on ne parle plus beaucoup, le spectacle a imposé le silence. Trente secondes ont passé, encore deux minutes. Une ou deux chauve-souris sortent, les araignées défont leurs toiles, croyant à la fin du jour. Des chiens hurlent, se répondent d'une vallée à l'autre. Qu'en serait-il de Psilocybe, si c'était l'automne ? Aurait-il refermé son chapeau, ployé le pied face à l'astre disparu ?

On a beau savoir que cela va finir, on n'est tout de même pas rassurés. C'est comme un échantillon d'apocalypse, un avant-goût de fin du monde.

Soudain, on croit voir un météore près de l'horizon, on s'emballe, on se dit que ça y est, c'en est fini de la vie sur terre, que les boules de feu vont pleuvoir, les nuées de sauterelles et tout le tintouin, mais le météore n'était qu'un avion.

Et puis, enfin, quand on ne l'attendait plus, le soleil reparaît. On crie, on l'acclame comme un héros, un champion sorti vainqueur. On s'embrasse, comme s'il avait pu en être autrement. C'est fini. Les chauve-souris déboussolées s'en retournent dormir, les araignées débobinent leurs fils, et nous aussi on devrait s'en retourner, débobiner nos fils, mais pendant une minute, une seconde, on a cru à la nuit perpétuelle, alors il faut bien s'en remettre, boire un coup, en parler encore et encore.

À Huautla aussi, tout le monde est sorti regarder, et tout le monde a frémi de cette nuit en plein jour, du silence des oiseaux.

Et si Gordon Wasson était là, revenu pour l'occasion ? On l'imagine assis sur une chaise dans la rue, à côté de María Sabina. Maintenant que le soleil est revenu, ils ont enlevé leurs lunettes en carton et fument en silence.

Les Aztèques, pour représenter la parole sur leurs fresques et leurs codex, peignaient devant les bouches ouvertes une volute. Comme un phylactère de bande dessinée vide, sans texte, que les archéologues ont appelé la virgule de la parole.

De temps en temps, un petit nuage de fumée spiralée s'échappe des bouches de María Sabina et Wasson. De loin, on pourrait croire à deux personnages d'un codex aztèque. On croirait les voir parler la même langue et se comprendre enfin.

D'ailleurs, il semble que Wasson va lui dire quelque chose. Il pose sa cigarette dans le cendrier, se penche vers elle, mais non, rien. Il s'adosse à nouveau, reprend sa cigarette et ne dit rien.

Les gamins ont escaladé les gros champignons de bronze, encore tout luisants de l'averse qui vient de passer. Ils ont chassé les feuilles mortes sur le dos du Lièvre de mars et prennent maintenant la pose, la main sur l'épaule d'Alice. Ils sourient de toutes leurs dents comme le Chat du Cheshire, et leur mère face à eux appuie sur le déclencheur.

Masha Wasson, pensive, observe la scène depuis un banc de Central Park, non loin de l'Alice en bronze. Elle vient de sortir du Metropolitan Museum. Elle est allée revoir le masque-albatros de Nouvelle-Guinée dont son père lui a tant parlé. À l'intérieur de son sac à main, enveloppée dans un mouchoir en tissu, une poignée de petits champignons bruns qu'elle a récoltés dans un coin du parc. Des *Psilocybe wassonii*, elle en est sûre. Elle les a reconnus aussitôt, comme de lointains cousins.

Le soleil s'incline. Encore quelques minutes et Masha rentrera chez elle, s'allongera sur son lit et, lentement, avalera les cinq paires de psilocybes. Sur le tourne-disque, elle aura d'abord mis du Tchaïkovski. Pour penser à *Fantasia*, à la danse des champignons, à l'apprenti sorcier. Pour penser à la Russie, à sa mère. Puis elle écoutera l'un des vinyles enregistrés par ses parents à Huautla. La voix fragile de María Sabina s'élèvera dans la pièce, égrenant des mots mazatèques inconnus de Masha, modulant son étrange et triste mélopée qui dit : *Je suis la femme tourbillon, notre femme des hauteurs, femme qui donne la lumière, femme aérolithe, femme livre, femme justice, parce que j'ai ma bouche, rien de plus, je suis femme qui cherche, parce que j'ai ma bouche, femme tourbillon, femme qui est arrachée, femme qui est arrachée.*

Quand le disque aura fini de tourner, dehors il fera nuit noire.

pcacmb
édition pré-presse
livres numériques

44400 Rezé

IMPRIM'VERT®

Achevé d'imprimer
en mai 2023
par Corlet Imprimeur
14110 Condé-en-Normandie

Dépôt légal : mai 2023
N° d'imprimeur : 23030780
Imprimé en France